祓い屋令嬢
ニコラの
困りごと
2
Ito Iino
伊井野いと
Illust.
きのこ姫

もくじ

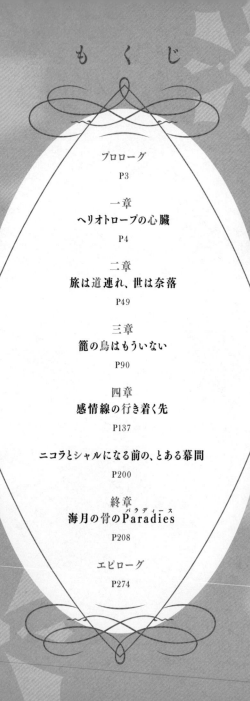

祓い屋令嬢ニコラの困りごと 2

Ito Iino
伊井野いと
Illust.
きのこ姫

プロローグ

あつい、あつい、あつい。

ううん、ちがう。いたい。燃えているみたいに、いたい。

じくじく、ずくずく、ぐわんぐわん。まるで頭がわれてしまったみたいに、いたかった。


――あぁ、そうか。本当にわれてしまったから、いたいのか。


ゴトン、と重い音がする。

ギィイイ、バタンと、扉が閉まる音も。


あぁ、やっとどこかへ行ってくれた。

いたくて恐いことをする、大嫌いなあのひとがいない場所へ、いけたらいいのに。

[redacted]は重いからだを引きずって、震える手を伸ばした。

一章 ―― ヘリオトロープの心臓

1

それがジークハルトの手に渡ったのは、僅か数日前のことだった。

週末に実家へ帰省した折に、母からとある宝石を貰《もら》ったのだ。


コトリと硬質な音を立てて、それはジークハルトの目の前に置かれた。

そっと手に取り、上等な手触りの布包みを開いてみる。すると、最奥から現れたのは、親指の爪より幾《いく》ばくか大きい石だった。

布越しに摘《つま》んで自然光に翳《かざ》せば、どうやらそれは深紫に色付く水晶らしい。まだ粗いカットではあるが、石は透き通るように透明で、僅かな不純物もないように見えた。恐らく、かなり質の良いものなのだろう。

ジークハルトは石を丁重に包み直すと、窺《うかが》うように母を見遣《や》った。

「これは………アメジスト、でしょうか」

そう問えば、母は鷹揚《おうよう》に頷《うなず》いた。

「ええ。出入りの宝石商が、ご子息に似合うだろう、と。付き合いもあるので買いましたが、貴方のお好きになさい」

そうは言われたものの、身の回りの装飾品は、今あるもので十分に足りている。華美なものを取っ替え引っ替えと身につける趣味は、生憎《あいにく》と持ち合わせてはいない。

母の書斎を後にしたジークハルトは、どうしたものかと思案しながら自室へと戻る。だが、その道すがらにちょうど妹とすれ違ったものだから、ジークハルトは彼女を呼び止めようと声をかけた。

男性よりも女性の方が、着飾らなければならない機会は圧倒的に多い。華やかな装飾品は、あればあるほど良いだろうと考えたのだ。

呼び止められた妹は、ふわりとドレスの裾を翻しながら、くるりとジークハルトを振り返る。

「なぁに？　お兄様」

「あぁ、母上からアメジストの原石を貰ったのだけど、いるかな」

包みを開いて石を見せてやれば、妹は母親譲りのブルーグレーの瞳をぱちぱちと瞬いて小首を傾《かし》げると、ジークハルトを見上げた。

「アメジスト？　お兄様の瞳にお似合いなのに、よろしいの？」

「私には装飾品を新調する予定もないし、使うあてが無いのに持っているのも勿体《もったい》ないからね」

そう答えれば、妹はそれでも不思議そうに眉を寄せて、首の角度をさらに深く傾《かたむ》けた。

「だったら、ニコラお姉さまに贈ってあげたらよろしいのに……」

何気なく呟《つぶや》かれたその一言に、ジークハルトはきょとんと目を丸くする。それから年下の幼馴染《おさななじみ》の姿を思い浮かべると、くすっと小さく頬《ほお》を緩めた。

「この色だと多分、ニコラは恥ずかしがって、身につけてはくれないかな……今は、まだ」

鏡を見れば毎日映る、銀色と紫――少しばかり特殊な己の容姿を表す際に、何かと代名詞に挙げられてしまう、二つの色だ。

幼馴染の少女はきっと、この二色にまつわる贈り物には唇をギザギザと波打たせて、そっくりそのまま抽斗《ひきだし》の奥底に仕舞い込むのに違いない。その様がありありと想像出来てしまって、ジークハルトはあごに手を添えくつくつと笑う。

天邪鬼《あまのじゃく》で素直じゃないその少女は、ジークハルトの最愛だった。そんな兄の様子に、妹は呆《あき》れたようにため息を吐き、肩を竦《すく》める。

「お兄様もお姉様も、相変わらずみたいね。本当に前途多難なんだから……。でもそうね、お兄様がそう仰《おっしゃ》るのなら、このアメジストは遠慮なく頂戴《ちょうだい》することにするわ」

「そうしてくれると助かるよ。この石も、ちゃんと着飾ってくれる人の手に渡った方がいいだろうから」

ジークハルトはその時確かに、石を妹に手渡した筈《はず》だったのだ。

だがその翌日、何故《なぜ》か石は自室の机上にあった。最初は妹が心変わりをして、石を返しに来たのかとも思ったが、そのような覚えは無いと妹は言う。

それでも、一度目は偶然。たまたま、そういうこともあるだろうと思った。

今度こそはと、確かに妹に託《たく》してから馬車に乗る。だが学院の寮に戻ってみれば、それは既にジークハルトを待ち構えるかのように、自室の文机に鎮座していて。二度目は流石《さすが》に薄気味悪く、背筋を冷たい汗が滑り落ちる。

早く石を手離してしまいたいとは思うものの、とはいえ曰《いわ》くつきのものを誰かに押し付けるのも憚《はばか》られる。ジークハルトは結局、それを布で厳重に包んで縛り上げると、鍵のかかる抽斗の奥底に仕舞い込んだ——はずだった。

だが、その翌日のこと。校舎内を歩いていれば、ふと制服のポケットに違和感を覚えて足を止める。そっと手を入れ探ってみれば、やがて指先はこつんと硬い何かにぶつかった。

ヒュッと吸い損ねた息が無様に鳴る。心臓の音がいやに大きく耳に響いた。

恐る恐る取り出した掌《てのひら》に転がるのは、昨日確かに仕舞い込んだはずの、紫水晶で。三度目ともなれば、ジークハルトの胸に去来するのは、もはやある種の諦念《ていねん》だった。

「あぁ、……また、みたいだ」

ジークハルトは静かに目を瞑《つむ》り、緩く頭を振る。また幼馴染を頼らなければならない己の不甲斐《ふがい》なさにため息を吐いて、ジークハルトは掌の紫に視線を落とした。

2

「うーわ……」

最悪だ、とニコラ・フォン・ウェーバーは一人静かに天を仰いでいた。

寮の自室の、窓の鍵が壊れてしまったのだ。二階であるし、部屋には金目のものなど何も無い。盗まれて困るものがある訳では無いのだが、何が問題かと言えば、鍵をかけることが出来なければ、隙間風が酷《ひど》いのだ。

窓の外は快晴だが、色づき始めた木々の葉が風に揺れる。日差しに照らされた赤や黄色は鮮やかだが、それは裏を返せば朝晩の冷え込みが厳しいということ。寒がりで冷え性のニコラにとっては、甚《はなは》だ憂鬱なことだった。

「…………まーたあの人たち、何か拾ってきた気がするぞ……」

こういう、何かちょっとしたツイていない事が起こる時。

それは大体いつも、彼らが何かしらの厄介ごとを持ち込んで来ることの前触れなのだ。そして残念ながら、ニコラの予感はそこそこ当たる。

今回は、彼か、或《ある》いは彼らの両方か。恐らくそう遠くない未来に転がり込んでくるであろう面倒事に肩を落として、ニコラはもそもそと濃紺色の制服を身に纏《まと》う。

だが、厄ネタは放置すればする程に、際限なく積み重なるのだ。気付かない振り、見ない振りは後々首を絞めることに繋《つな》がると分かっている以上、対処は早めに限る。

ニコラはさっさと腹を決めるため、パチンと両頬を勢いよく叩《たた》く。それから渋々と放課後の行き先を生徒会室に定め、寮の自室を後にした。

◇

そうして一日の授業を全て終えたニコラは、憂鬱さを体現する重たい足取りで石畳の廊下を歩く。向かう先は大変不本意ながら、生徒会室だった。

生徒会役員でもないはずのニコラにとっては、全くもって縁も所縁《ゆかり》もないはずのその場所。だが、そこが目当ての人物たちとの待ち合わせ場所なのだから、仕方がない。

——ダウストリア王国、王立学院。

しがない子爵令嬢であるニコラが在籍しているのは、王侯貴族や有力商人の子弟子女が通う、全寮制かつ男女共学の学院である。未婚の子女たちが文化的な教養を身につけるフィニッシング・スクールと、全寮制の寄宿学校であるボーディングスクールが融合したようなその学院に、ニコラはほんの数か月前に入学したばかりだった。

王立学院は、十六歳になる年から入学を許される。従ってニコラの年齢は、もうじき十六歳を迎える予定の、十五歳。

だがその年齢は、子爵令嬢ニコラ・フォン・ウェーバーにとっては間違いではなく、一方では間違いでもあった——何せニコラの身には、生まれて此《こ》の方生きてきた、十五年の人生を優に超える、別人として生きた経験と知識が併《あわ》せて宿っているのだから。

奇想天外にして奇奇怪怪、はたまた面妖なことに、ニコラは前世の記憶を持ったまま、全くの異世界に転生するという体験をしたのだ。純粋な十五歳を名乗るには、少しばかり語弊があるのである。

ではさて、前世のニコラはどのような人物であったかというと、日本という小さな島国に生まれた人間だった。そこでは〝黒川六花〟という別の名を持ち、特殊な職業であったとはいえ、それなりに誇りを持って働いていた、れっきとした成人女性だった。

彼女の前世の職業の名は、『祓《はら》い屋』という。

怪異・幽霊・都市伝説・呪いのエトセトラ。不可思議で異様、法則不明で、道理では説明がつかない現象たち。人ならざるモノが引き起こすトラブルを解決するための知識と術を身に付けた、専門稼業――それが彼女の生業《なりわい》だった。

だが〝黒川六花〟は不覚にも、若い身空で殉職する羽目になる。そうして気付けば西洋風の異世界で、子爵令嬢ニコラとして、前世の記憶を持ったままに生まれ直していたのだ。

嘘《うそ》のような、狐《きつね》につままれたような話ではあるだろう。ともすれば、自分自身の記憶の方を疑ってしまいそうな話だ。

だが、それでもその記憶が真であると信じることが出来たのは、今世では知り得ようのない知識、祓い屋として身につけた様々な技能のおかげだった。『手に職』『芸は身を助く』とはよく言ったものだが、まさかそれが世界を越えてまで通用するとは思うまい。

だが、そういう経緯を経て、六花としての意識は間断なく、現在のニコラへと続いている。前世の記憶に対して確信を持てる以上、かつての記憶と経験が今世のニコラの在り方の多くを占めているのは間違いなかった。

放課後を思い思いに過ごす生徒たちの間を縫うように歩いて、ニコラは校舎の三階へと上がっていく。階層が上がるにつれ、人通りはまばらになっていくが、それもそのはず。向かう先は、特別な用件がなければ立ち入りにくい生徒会室なのだから、妥当なところだった。

何かと人目を集めてしまうことに辟易《へきえき》している人間たちが逃げ場所として使用しているというのだから、当然といえば当然と言える。

ニコラは辿《たど》り着いた扉の前で、ひとつ深呼吸をする。それからマホガニーの重厚な扉をノックして、返事を待たずにノブを回した。

どうせ、この時期に生徒会の活動がないことは既に聞き及んでいるのだ。扉の向こうには、この部屋を避難場所にしている彼らしかいないのだから、気兼ねは無用だった。

重たい扉を押し開ければ、ソファーに優雅に腰掛けた幼馴染、ジークハルトがゆるりとこちらを振り向いた。銀糸の髪は窓から差す陽光をやたらと反射させるのに、その下にある美貌は僅かに陰りを帯びているのを見て、あぁ今日はこちらの方かとニコラは当たりをつける。

だが、室内にある人影は一つではない。

ジークハルトが座るソファーの背もたれに浅く腰掛けるようにして寄り掛かるのは、この国の第一王子、アロイスで、離れた壁際にはその護衛であるエルンストが立っていた。

幼馴染であるジークハルトの身分も侯爵位であるからして、この空間において、いち子爵令嬢であるニコラの存在はこの上なく場違いにも思える。

だが、慣れとは恐ろしいもの。もはやお馴染《なじ》みの面子《めんつ》であるため今更だった。

「……で？　今回は何を拾ってきたんですか」

肺から這《は》い上がる憂鬱をそっと吐息に変えて、ニコラは投げやりに問いかけた。

3

「――これが、そのアメジストだよ」

ジークハルトはそう言って、アメジストの原石をそっとテーブルの上に置く。

捨てても捨てても戻って来る人形ならぬ、どこに置いてきても必ずついて来るという、その宝石。

室内の自然光でも十二分に、ともすれば不自然な程に美しく煌《きら》めくその紫に、ニコラは痛む顳顬《こめかみ》をぐりぐりと揉《も》みほぐしながら唸《うな》った。

「……またですか」

「…………みたいだ。いつもごめんね」

案の定の厄介事。

ニコラは脳内で、今朝の自分に向かって「そら見たことか」と悪態をついて、それからすぐに虚《むな》しくなってやめた。嫌な予感が当たって得意げになるというのも、その相手が自分であるというのも、何とも生産性がない。

げんなりと肩を落とすニコラを前に、対面に座るジークハルトは申し訳なさそうに眉を下げ、叱られた大型犬のように項垂《うなだ》れている。そうなればもう、ニコラは諦めにも似た深いため息を零《こぼ》すしかなかった。

何故なら、このようなやりとりは今に始まったことではなく、つまりはいつものことなのだ。それは甚だ不本意にも、ニコラとジークハルトにとっては、十年来の日常だった。

元凶にして、厄介事の根源。

ジークハルトの容姿は、端的に言って、それはそれは美しい。

光によって輝きを変える銀の絹糸のような繊細な髪に、アメジストの宝石をそのまま嵌《は》め込んだような瞳。通った鼻筋に薄く形の良い唇、滑らかな曲線を描く輪郭は、神様の贔屓《ひいき》を一身に受けたように端正だ。造形の女神が特別丁寧に、そして気合いを入れて作り上げたのだろうと誰もが思うような、ジークハルトは文字通り〝完璧〟な美貌の持ち主だった。

本人はといえば、薄ら遠い目をして「目も鼻も口もある、ただの人間なのにね……」と自嘲する。だが、それら全てのパーツがあるべき場所に、黄金比のお手本のように配置されているのだから、もう「ドンマイ」という他ない。

だからこそ、彼の意思に反して、その『完璧』な美貌はありとあらゆるものを惹《ひ》きつけてしまうのだ。そして綺麗《きれい》なもの、美しいものが好きなのは、何も人間に限った話ではないのだから、仕方がない。

彼の容貌が惹き付ける対象は、人間も人外も問わないのだから、ニコラからすれば厄介極まりない話だった。

生き霊や死霊、動物霊、神や妖精の類から、果ては怪異に至るまで、何でもござれの人外見本市からジークハルトを守るのは、ニコラにとってはもはや『日常』と言って差し支えない。それこそ幼い頃からずっと、何度だって繰り返してきたことだった。

ジークハルトはさらりと落ちてきた銀糸を耳にかけて、困ったように苦笑した。

ほんの一か月ほど前まで背中まで流れていた長い髪は、今は随分と短くなってしまって、伸ばしかけの髪は藍色の髪紐《ひも》で小さく括《くく》られている。

「今のところは、ずっとついて来るだけで、これといって実害はないんだけれど、ね。少し気味が悪いかな」

ジークハルトは悩ましげな表情で呟くと、転がる紫水晶を指でつん、とつついて転がす。

そんなジークハルトの反応に、アロイスがぎょっとしたようにソファーから距離を取った。

「待ってよ、ついて来るだけ？　気味が悪いのは少しだけなの？　怖い怖いっ！　普通に石も気味が悪いけど、それ以上にジークがちょっと慣れている風なのが、一番怖いよ……！」

大袈裟《おおげさ》に身震いをするアロイスに、ニコラはジトっとした目を向ける。

「殿下、うるさい。……………と、喉元まで出かかった言葉をたった今飲み込みました」

「いや出てるんだよね、まーったく飲み込めてないよね、泣いてもいい？」

そう言う割に、雑な扱いに対してはむしろ嬉々《きき》とした反応をするのだから、何ともマゾっ気のある王子だった。ニコラは隠すことなく顔を歪《ゆが》める。

壁際に立つエルンストが眦《まなじり》を吊《つ》り上げ「お前ッ、殿下に対して不敬だろう！」と吠《ほ》えるが、過去にぞんざいな扱いを許可したのは、他ならぬアロイス本人である。ニコラは明後日の方角を向いて、ふんと鼻を鳴らした。

結果として、より一層ガルガルがなるエルンストには、見かねたジークハルトが「どうどう」と宥《なだ》める――と、ここまでが、最近ではすっかりお馴染みの流れだった。

だが、いつもの茶番がひとしきり収まれば、ジークハルトはやはり苦笑して肩を竦め、脱線した話を元に戻した。

「……まぁ、ね。正直なところ、慣れているというのは間違いないかな。生憎と、ひとりでに戻って来るモノやずっとついて来るモノの類は、あまり珍しくなくてね。……まぁ、もちろん気味は悪いのだけれど」

「割と日常茶飯事なんですよねぇ。芸が無いったらない」

ニコラもまた腕を組み、呆れを隠すことなく肯定する。

生き霊が宿った贈り物が、よく訓練された忠犬よろしく戻って来ることは、残念ながら特段珍しい現象ではなかった。ジークハルトの眼窩《がんか》に嵌まった同じ紫の極上に、このアメジストも惚《ほ》れ込んでしまったのだろう。

ニコラはため息を吐いて、無造作に件《くだん》の宝石へ手を伸ばす。だが、指先が触れた瞬間に、ソレはニコラの手を弾《はじ》いて、バチッと乾いた音を立てた。

反発するような衝撃と、ヒリつく指先。どうやら拒絶されてしまったらしいと眉を寄せる。

「大丈夫⁉　怪我《けが》していない⁉」

対面に座るジークハルトが腰を浮かせ、弾かれたニコラの手を取ろうと手を伸ばす。だが、ニコラは反射的にその手を避け、ぴゃっと手を引っ込めてしまった。

しまった、と思った時にはもう遅い。珍しい、意外だと言いたげなアロイスとエルンストの視線がグサグサと突き刺さる。ニコラは目を泳がせて、取り繕うようにコホンと咳《せき》払いをすると、誤魔化すように口を開いた。

「……大丈夫ですよ、よくあることなので。私みたいなのは、こういうモノと少し相性が悪いんです」

ニコラはもう一度、紫水晶に触れる。今度は弾かれるようなことはなかったが、まだニコラを警戒しているのか、紫水晶はじんわりと熱を発する。

「たぶん石自体に、高位の精霊か何かが宿っているんだと思います。私が急に触ったから、警戒したんでしょう………私みたいな人間は、祓うことも、使役《しえき》することも出来てしまうから」

ほら、怪我もしてません。そう言って、手に取った石を反対側の手に持ち替えて、無事な手をひらひらと振ってやる。そうすれば、ジークハルトはやっと安心したように息を吐いて、浮かせた腰をソファーへ下ろした。

アロイスの視線はしばらく物珍しげにニコラとジークハルトの間を往復していたが、やがては好奇心の方が勝《まさ》ったのか、その視線はアメジストへと移った。

「ふぅん、精霊って本当に存在するんだね……おときの中だけだと思ってた」

しげしげとニコラの手の中のアメジストを覗《のぞ》き込むアロイスに、ニコラはピクリと片眉を上げた。それから人差し指をピンと立て、Ｓｈｈ……と唇に添えて口を開く。

「言葉には気を付けてください。精霊や妖精は、世界のどこかで、誰かが『そんなものはいない』と口にする度に、一人ずつ死んでしまうらしいですよ」

「えっ！」

ニコラの言葉に、ぎょっとした様子で口許《くちもと》を押さえるアロイスと、「そんな馬鹿な」と分かりやすく顔に書いてあるエルンスト。

それぞれの性格が表れた反応に少し笑って、ニコラは手の内のアメジストを静かに机の上に置いた。それから、そっとジークハルトの方に滑らし、花の顔《かんばせ》を見上げる。

「失《な》くしてしまいがちな、小さな装飾品――例えば、指輪やカフスボタン、イヤリングとか、そういうものに加工することをお勧めします。だって、失くしたって自分で帰って来るんですから」

そう言えば、ジークハルトは意表をつかれたように、ぱちくりと目を瞬く。だが、やがて納得したように首肯すると、今度は臆《おく》する様子もなくアメジストを手に取った。

「ニコラがそう言うのなら、それがいいんだろうね」

どうやらこれっぽっちも疑うことなく、ニコラの意見を採用したらしい。向けられる全幅の信頼が何ともむず痒《がゆ》くて、ニコラは思わずくしゃりと鼻にしわを寄せる。

「あ、私その表情好き」

「ならもうしません」

〝いーっと歯を見せて威嚇しても、ジークハルトは「その表情も好きだよ」と宣《のたま》うばかり。ニコラは不貞腐《ふてくさ》れて、ふんとソファーの肘置きに頬杖《ほおづえ》をついた。

「えっ、ちょっと待って待って、ジークもニコラ嬢も本気⁉　勝手についてくる怪しげな石だよ、怖くないの⁉　怪奇現象をそんな便利機能みたいに……」

「それは流石に適当がすぎないか、ウェーバー嬢。いや、石が勝手に戻って来るというのはその……正直、半信半疑だが」

ニコラは頬杖をついたまま、食い下がるアロイスとエルンストをじとーっと見遣る。

「だって、どうせ驚異のガッツと執着心で戻って来るのなら、有効活用するのが吉でしょう。発想の転換、方向性を変えればいい」

石自体は、精霊が宿るくらい質の良い物なのだ。害が無いのなら、無理に遠ざける必要も、忌避する必要も無いだろう。

せいぜい沢山お金をかけて、お気に入りの一品に誂《あつら》えてしまえばいいのだ。奮発して買った、お気に入りのアクセサリーを失くすような悲しみと無縁でいられるのだから、そう的外れな提案でもあるまい。

「じゃ、そういうことで」

ニコラは頬杖をやめると、さっさとこの場を辞そうと立ち上がりかける。だが、それを引き留めたのは、アロイスのやや硬い声だった。

「――あぁニコラ嬢、ちょっと待って。オリヴィア嬢の御墓参りの件で、もう少しだけ、時間をもらえるかな」

ニコラはぴたりと動きを止める。

先程までの巫山戯《ふざけ》た調子とは打って変わった真剣な声色に、ニコラは無言でソファーに深く座り直した。

◇

オリヴィア・フォン・リューネブルク、侯爵令嬢。

今は亡きオリヴィアとニコラの間には、前世から続く、浅からぬ因縁があった。

何故なら、前世で祓い屋をしていた〝黒川六花〟を殺し、贄《にえ》として悪魔に捧《ささ》げ、この世界へ転生することを願ったのは、他ならぬ彼女であったのだから。

オリヴィアの婚約者であったアロイスに、ニコラは改めて目を向ける。

少しだけ癖のある、柔らかそうな蜂蜜色の髪に、エメラルドの双眼。童顔寄りながら、ジークハルトの隣にあっても霞《かす》まないほどに整っている、端正な目鼻立ち。まるで絵本から飛び出して来たような、絵に描いたような『王子様』だ。

その傍《かたわ》らに立つエルンストもまた、精悍《せいかん》な顔つきに、制服の上からでも分かる、筋肉質な体軀《たいく》。刈り上げた濃茶の髪に、切れ長の瞳。

この生徒会の一室をぐるりと見渡すだけで、凄絶なまでの美形、童顔寄りのハニーフェイス、硬派な男前と、やたらとバラエティ豊かな美男子たちが目に入る。

だが、それも然《さ》もありなん。オリヴィアが転生を願ったのは乙女ゲームの世界で、彼らは攻略対象であると言うのだから、納得の話だった。

文明レベルでは、おおよそ十八、十九世紀頃の西洋世界である割に、男女共学であったり、生徒会が存在したりと、どこか日本らしい学校制度。

ニコラがこの世界に生まれ落ちて以来、漠然と感じていた〝ちぐはぐさ〟の正体は、ほんの一か月前に、誰もが望まない形で暴かれてしまった。

オリヴィアは、婚約者であるアロイスの呪殺を企て、ニコラはそれを阻むために、相打ちを覚悟でオリヴィアを呪った。その結果、オリヴィアは死に、ニコラは運良く生き残った。何とも後味の悪い幕引きだが、それが全てだった。

「オリヴィア嬢の御墓参りは、来週末の連休にということで、話は纏まったよ」

アロイスの言葉に、ニコラは小さく相槌《あいづち》を打った。

学内での変死ということもあり、学院でも追悼の儀が執り行われたそうだが、当時昏睡《こんすい》状態にあったニコラは参加できていない。ニコラは折を見て、彼女の墓参りをしたいと考えていた。

「……話を進めていただいて、ありがとうございます」

オリヴィアの生家は侯爵家だ。現状いち子爵令嬢であるニコラでは、伝手《つて》も無く訪れることは難しい。そのため、オリヴィアの元婚約者であるアロイスに取り次ぎをお願いしていたのだ。

ニコラが静かに頭を下げれば、アロイスは「気にすることはないよ」と首を横に振った。

「御墓参りには……ここにいる全員で、改めて行きたかったからね」

アロイスの言葉を受けて、ジークハルトとエルンストが静かに首肯する。ニコラはそっと目を伏せた。『人を呪わば穴二つ』。オリヴィアを呪ったニコラの命が助かったのは、彼らのおかげだった。彼らは〝ニコラが今生きていること〟に対する共犯者だ。


オリヴィアの墓は、彼女の生家があるリューネブルク領邦にある。王都にある王立学院からは、蒸気機関車に乗っての小旅行となる予定だった。

「ただ、旅の同行者に関してなのだけど、こちらの事情というか、私情でね。僕ら四人以外にもあと二人、連れて行きたい人がいるんだ」

その言葉に、ニコラは小さく首を傾げる。不思議そうな表情を浮かべるニコラに対し、アロイスは苦笑しながら続けた。

「ほら、オリヴィア嬢が亡くなった今、君は僕の婚約者候補の一人だからね。ジークやエルンも一緒とはいえ、この時期の旅行は、ニコラ嬢が婚約の最有力候補と見なされかねないんだ。困ったことにね」

思わずひくりと引き攣《つ》る頬。ニコラは眉間に深く刻まれたしわを指先で揉むと、大きく息を吐き出した。

それは、忘れようと努め、目を逸らし続けてきた事実。

ほんの一か月前までただの子爵令嬢だったニコラの身分は、陞爵《しょうしゃく》――父の相続の関係で〝いずれ侯爵令嬢になることが内定している子爵令嬢〟へと変わってしまったのだ。

現状、未だ誰とも婚約していない侯爵令嬢は、そう多くはいない。第一王子アロイスの婚約者を再選定するにあたり、ニコラは数少ない候補のうちに数えられてしまっているというのが、近頃の悩みの種だった。

聞けば、婚約者の候補は、ニコラを含む三人しかいないのだという。

うち一人は、ルーデンドルフ侯が娘、エルフリーデ。酷く病弱という話で、社交界にも一切姿を見せないらしい。

もう一人はローゼンハイム侯が娘、シャルロッテ。お手付きのメイドが生んだ子どもだが、正妻が母子共々屋敷から追い出してしまったらしく、長らく市井《しせい》で育った娘だという。ごくごく最近、父親であるローゼンハイム侯に認知され、侯爵家に迎えられたらしい。

いずれも、貴族の世情に明るくないニコラに対し、ジークハルトが教えてくれた内容だった。

「連れて行きたい一人目は、ローゼンハイム侯の娘、シャルロッテ嬢だよ。まぁ手っ取り早い話、候補者をもう一人連れて行けば、君が最有力候補だなんて、言われなくなるかなって。それに、どうせならカモフラージュも兼ねて、行き先もひとつ追加しようと思って。御墓参りの翌日に、三人目のエルフリーデ嬢にも会いに行こうと思っているんだ」

アロイスはそう言って「君たちには付き合わせて悪いけれど、ね」と申し訳なさそうに笑う。ニコラが地理に明るくないことを知るジークハルトが、フォローするように補足を引き継いだ。

「エルフリーデ嬢のいるルーデンドルフ領邦は、オリヴィア嬢が眠るリューネブルク領邦のすぐ隣なんだ」

なるほど、とニコラは納得する。そういう事情であれば、ニコラとしては願ってもないことで、否はない。だがそれはむしろ、アロイスと婚約するつもりが無いニコラへ配慮した形といえる。アロイスは最初に『こちらの事情というか、私情でね』と言ったが、私情とは何だろう。

訝《いぶか》しげな表情になったニコラに対して、アロイスは小さく笑って「こっちはどちらかと言うと建前だよ」と肩を竦めた。

「連れて行きたいもう一人は、僕の側付きの侍女、エマ。エマはね、実はシャルロッテ嬢の、父親違いの姉なんだ」

曰く、ローゼンハイム侯が手を付けたメイドには、別に娘がいたらしい。エマというその娘は母亡き後、王宮に住み込みで働きながら、妹シャルロッテを養っていたのだという。

妹も妹で、日銭を稼ごうと街に出て貴族の靴磨きをしていたところ、偶然父親に見つかってしまい、強制的に侯爵家へ召し上げられてしまったらしい。結果、二人は身分差から、気軽に会えなくなってしまったんだって、とアロイスは語る。

「そのエマがね、『妹と会える機会を設けろ設けろ〜』ってうるさいんだ。だから丁度いい機会だと思ってね。ほらね、ちゃーんと私情でしょ？」

　そう言って、アロイスはパチンとウインクをして見せた。うるさいと口では言いつつ、案外その表情は柔らかい。主人と侍女という間柄ながら、随分と砕けた関係性らしいとニコラは目を瞬いた。

「エマの自由人めッ！　相変わらず、殿下に勝手を言いおって！」

　うがーっと明後日の方向に向かって叫ぶエルンストに苦笑して、ジークハルトはニコラに向かって小さく肩を竦めた。

「三人は、かなり昔からの付き合いなんだって」

「……………みたいですね」

　この場にエマはいなくとも、三人の関係性は薄々察せられた。私情の方はともかく、建前の方の同行理由はニコラのためでもある以上、反対する理由も特にはない。

「諸々《もろもろ》、了解しました。じゃあ、今日のところは失礼しますね」

　そう言って、ニコラはソファーから立ち上がる。今度は引き止められることもなく、ニコラは生徒会室を後にした。

4

　ニコラの去った生徒会室で、残った三人は授業で出された課題を解く。

カリカリと紙の上を走る万年筆の音だけが響く中、アロイスはずっと気になっていた疑問をぽつりと零した。

「ねぇジーク、ニコラ嬢と喧嘩《けんか》でもしてたり、する……？」

その問いに、ジークハルトは一瞬手を止め、苦笑交じりに首を横に振った。

「喧嘩では、ないかな」

ジークハルトの返答に、アロイスは尋ね方を間違ったかなと反省する。

二人の間に流れる空気は、確かに喧嘩をしているような険悪なものではなかった。だが、以前のニコラなら、怪我を心配するジークハルトの手を避けたりはしなかっただろうと思うのだ。どことなく二人の間に距離を感じてしまうのは、恐らく気のせいではなかった。

口を衝《つ》いて出た言葉は、何とも頼りなく羊皮紙に落ちる。

「…………もしかして、僕のせいだったりする？」

本当なら、ジークハルトとニコラは今頃、婚約していた筈なのだ。

それがどう転んでか、ニコラはジークハルトではなく、アロイスの婚約者候補に挙げられてしまっている。アロイスが他の誰かと婚約しない限り、ニコラとジークハルトは婚約できないのだ。事実上、二人の婚約話は白紙に戻った形になる。

もしもそのことが、ニコラとジークハルトの関係に何らかの影響を及ぼしてしまったのなら。そう考えると、責任を感じずにはいられなかった。

だが、そんなアロイスの思いとは裏腹に、ジークハルトは笑って首を振る。

「違うよ、本当に違うんだ。アロイスのせいじゃないよ」

ジークハルトは、今度はもう課題を解く手を止めることなく、それでいて穏やかに言葉を紡いだ。

「これは私とニコラの問題で、君は関係ないよ。確かにニコラが君の婚約者候補に挙がったのは予想外だったけれど、今はそれで良かったようにも思うんだ」

「え……？」

友人が、長年一途に幼馴染を想っていることを知っているアロイスは、その意外な発言に思わず目を瞬く。

だが、アロイスの反応を知ってか知らずか、ジークハルトは気にした様子もなく言葉を続けた。器用にも、ペンを走らせる手は澱《よど》みなく、形の良い文字が紙へと落ちていく。

「あの時は状況が状況だったから、ニコラの答えを急《せ》かしてしまったけれど……。もう、ニコラの心を急かしたくはないんだ。だから私は、気長に待つよ」

ジークハルトの言葉は、課題の片手間であるためかどこか曖昧で、しかし本心であることが窺えた。それはどうにも分かるようで分からない回答だったが、当の本人が焦ってないのなら、別にいいかとそれ以上追及するのは止めることにする。アロイスは自分の課題に視線を戻した。

「エルンスト、そこの綴《つづ》り、間違っているよ」

「えっ、どこでしょうか⁉」

気付けばジークハルトは課題をいち早く終えてしまっていて、座学の苦手なエルンストの課題を手伝い出す始末だ。同じ課題を同時に解き始めた筈なのに、自分の進度は未だ七割ほど。アロイスが学院で得た親友の頭脳は、つくづく優秀らしい。

ジークハルトはただ容姿が整っているのみならず、頭も良く、剣の腕も立つ。果ては芸術方面にまで造詣が深いというのだから、正しく非の打ち所がない完璧人間だった。

「ほーんと、君って満遍《まんべん》なく、全方位に優秀だよね」

ため息に感嘆を乗せて、アロイスは口を尖《とが》らせた。これで性格が悪ければ、可愛げがあるものを。人格まで穏やかとくれば、僻《ひが》むことさえ馬鹿馬鹿しくなる。

アロイスの呟きを拾ったのか、肩を竦めて小さく笑う気配がした。

「ニコラにしか出来ないことを、私は何一つ出来ないから。せめて、ニコラが苦手なことや出来ないことを補いたいと思ったら、気付けば、ね。いつの間にか、こうなっていたんだ」

何でも優秀に熟《こな》す完璧人間のルーツは〝好きな女の子のため〟という、何とも俗っぽいもので、アロイスは思わず吹き出してしまう。完璧すぎて全く隙が無い友人は、幼馴染が絡むと途端に人間臭くなるから面白いのだ。


やがて、座学の苦手なエルンストが課題を終える頃には、すっかり陽も傾きかけていた。三人は手早く課題や文房具を片付けて、寮に戻ろうと生徒会室を後にする。

石造りの階段は夕焼けの光に照らされて橙色《だいだいいろ》に染まり、暗がりを作る黒が一層濃く映えた。時折吹く風は冷たくて、秋の深まりを感じさせる。

他愛もない雑談を交わしながら、階下へ下りる途中のことだった。ちょうど踊り場に差し掛かったあたりで、アロイスはふと何気なく足を止める。

何かに違和感を覚えたはずなのに、何を妙だと思ったのか分からず、一人首を傾げる。直感的に、何かが引っかかったはずなのだ。だがその正体が何か分からず、アロイスは辺りに視線を走らせた。

——あれ？

だが、隣を歩いていたジークハルトにも、アロイスのやや後方を歩くエルンストにも、変わった様子は見られない。踊り場には大きな姿見の鏡があるが、それもまたいつも通りの風景だった。特に変わった様子はない。

「アロイス、どうかした？」

突然立ち止まったアロイスを訝しがるように、ジークハルトが数歩先から振り向いた。背後の鏡に映る彼の虚像もまた、実像と同じようにアロイスを振り返っている。やはり特に変わった様子はない。そう思いかけて、ふと気付く。

——違う。

その異様な光景に、心臓がドッと跳ねる。

振り返ったジークハルトの背後にある鏡に映るのは、ジークハルトの後頭部である筈なのだ。アロイスがその事実に気付き、胃の浮くような恐怖を感じた瞬間だった。

突如として、鏡の向こうから伸びてきた腕がジークハルトを掴《つか》む。そしてそのまま、ずるりと鏡の中へ引きずり込んでいくのだ。

「ジーク⁉」

咄嗟《とっさ》に伸ばした手は空を切り、鏡の向こうへと沈んでいくジークハルトには届かない。

ジークハルトの姿が鏡面に消えるその寸前、ジークハルトは困ったように眉を下げ、小さな何かをこちらに投げ渡した。放物線を描くそれを、アロイスは反射的に受け止める。

――これを、ニコラに。

そう、ジークハルトの唇が動いた気がした。アロイスがそれを受け取ったのと同時に、鏡面は最後にひとつ波打つように揺れ、それっきり何事もなかったかのように静まり返る。後には、何の変哲もない鏡が残るばかりだ。

「……ッ！　閣下ッ⁉」

鏡に駆け寄ったエルンストが、叫びながら鏡面を叩く。だが鏡に映るのは、呆然《ぼうぜん》と立ち尽くすアロイスと、取り乱すエルンストの姿だけだ。

「エルンはここで、鏡を見張っていて！」

手の中には、冷たさを孕《はら》む紫の石。それを強く握り込むと、アロイスはくるりと鏡に背を向けた。振り返ることなく、全速力で階段を駆け下りる。

一刻も早く、彼女の元へ。その一心で、ただひたすらに床を蹴った。

5

「ねぇ……教養科目としての音楽って、この上なく不毛じゃない？」

ニコラの苦々しい呟きが、机の上に広げた楽譜の上にぽつりと落ちる。

「……刺繍《ししゅう》の方が不毛だと思う」と唸るのは商家の生まれのカリンで、「断然、詩作の方が不毛よ」と頭を抱えたのは伯爵令嬢エルザだ。三人は揃《そろ》って、重苦しいため息を吐く。

生徒会室を後にしたニコラもまた、同学年の友人たちと合流して課題を片付けていた。だが、すっかり集中も途切れ、先程から手は全く動かなくなって久しい。これ以上続けても、今日はもう捗《はかど》りそうになかった。

「……今日はもう終わる」

「あっ、ずるい私も！」

「こーら、そういうの、後々の自分の首を絞めることになるんだから」

そう言いつつ、嗜《たしな》めるエルザも文房具を片付け出すのだから、あまり説得力がない。課題を終えた面々は、揃って帰り支度を始めた。

机の上に乱雑に散らばる、持ち主の交じり合った文房具。おもむろに手を伸ばせば、同じように自分のものを片付けようとしたカリンの指と重なり、小さくぶつかった。触れ合った指に感じる温《ぬく》もりに少しだけ戸惑ってしまう自分を、ニコラは内心苦く思う。

ほんの一か月前に知ってしまった、世界の真相。

カリンもエルザも、そしてニコラ自身も、この世界においてはただのモブで、学院という舞台を埋める符牒《ふちょう》にすぎないらしい。それでいて、彼女たちにも両親や祖父母が存在する、血の通った人間なのだから、何とも不思議な話だった。

オリヴィアの一件以降、ふとした拍子に頭をもたげては、思考を侵食するその感慨。

彼女たちが、自分が、ただ等身大に生きている。今までは当たり前に思えていたことに戸惑いを覚えてしまうのが嫌で、小さく唇を嚙《か》んだ。ニコラはオリヴィアの言葉を思い出す。

――そうよ、ここは乙女ゲーム！　ゴミみたいな現実なんか捨てて、好きなゲームの中に転生させてってお願いしたの。でもせっかく転生が叶《かな》ったのに、主人公じゃない上に、最初から好きでもないキャラの婚約者だなんて、ふざけてるでしょ？

――『オリヴィア』なんて、主人公ですらない脇役だし！

ニコラは悪趣味な悪魔のせいで、オリヴィアの走馬灯を垣間《かいま》見た。

彼女が転生を願ったのは『庶民だった女の子が上流階級の学校に通うことなり、様々な男性キャラと関わりながらも学生生活を謳歌《おうか》する』という学園モノで、オリヴィア自身ですら脇役にすぎなかったというのだから、皮肉な話だ。つくづく悪魔というのは悪辣で、性格が悪い。

「あ、見て、噂《うわさ》の沈黙令嬢がいるわ」

エルザの声に釣られて窓の外を見遣れば、中庭を横切る一人の少女の姿が目に入る。

ふわふわに波打つ、ミルクティーのような亜麻色の髪。遠目でも分かる、ぱっちりとした大きな瞳に、薔薇色《ばらいろ》に染まる頬。

「やっぱり可愛い〜」

隣でカリンがうっとりと呟く。

噂に疎いニコラでさえ知っている、隣のクラスの美少女、シャルロッテ・フォン・ローゼンハイム。アロイスの婚約者候補に名を連ねる、侯爵令嬢の一人だった。

「誰とも喋《しゃべ》りたがらないのって、やっぱり言葉遣いとかを気にしてるのかしら」

「まぁ、ある日突然、上級貴族の仲間入りだなんて、普通に考えて可哀想よね。いきなり明日から最上級のお嬢様言葉で喋りなさいって言われても、わたしにはきっと無理だわ」

カリンとエルザは顔を見合わせ、肩を竦め合う。ニコラもまた、曖昧に笑った。

長らく市井で育ち、ごくごく最近になって侯爵家に迎え入れられた、薄幸の美少女。

そんな特殊な境遇の娘など、そう何人もいるものではない。彼女の境遇は、ゲームの主人公そのものだ。

連休の旅行に彼女も同行するのは、ジークハルトかアロイス、エルンストの攻略ルートにおけるエピソードやイベントなのかもしれない。

むしろニコラがそこに参加することの方がイレギュラーなのではないか。

あんな美少女に言い寄られれば、物好きな幼馴染も、案外あっさりと心変わりしてしまうのではなかろうか――考え始めるとキリがなく、堂々巡りだ。

「ニコラ、どうしたの？　さっきからぼーっとして」

「……ううん、何でもない」
ニコラは誤魔化すように、換気のために開けていた窓を閉めようと窓辺に寄る。戸締まりを終えてしまえば、あとはもう寮に帰るだけ。開いた窓に手を伸ばしかけて、ニコラははたと手を止める。

ねぇ、きいた？
きいたよ、きいた！
ぼくも、わたしも、きみも？
みたわ！　きいたよ

ずるい、ずるいわ、
ぬけがけ、ずるいね！
むらさきのあの子も、
かがみのあの子も、
ずるいよね、そうだよ、ずるい！

ぎんの愛し仔《ヒュプシュ》は
みんなで愛でようって
きめたのにね。そうそう。

だよねえ！　ずるいや！

　ぬけがけ、きらい。


　窓の外を飛び交う小さきモノたち。妖精と呼ばれる類のそれらが、今日はやけに姦《かしま》しい。羽音が昂《たかぶ》る怒りを伝え、空気が緊張を孕み騒《ざわ》ついていた。しかも、聞こえてくるお喋りの内容はどうにも聞き捨てならなず、ニコラは思わず片手で顔を覆う。

「ねぇ勘弁してよ……さっきの今でしょ」

「何か言った？」

　不思議そうに尋ねてくる友人に何でもないと首を振って、窓を閉める。

「二人とも、先に寮へ帰ってて。やらなきゃいけないことを思い出したから」

　そう言い置いてから、一足先に空き教室を出ようと足を踏み出しかけて、「あぁ、そうだ。念の為に」と反転する。

　――二人とも、鏡を貸してくれる？　明日にはちゃんと返すから。

◇

　とりあえずは生徒会室を目指し、ニコラは石造りの廊下を足早に歩く。

ちょうど階段に辿り着いたあたりで、血相を変えて階段を駆け下りて来た人間とばったり鉢合わせて、ニコラは足を止めた。

「ニコラ嬢！　ジークが、鏡に、引きずり込まれて……っ！」

切羽詰まった様子で腕を掴んでくるアロイスに、ニコラは渋々舌打ちを飲み込むと、特大のため息をひとつ吐く。

「…………案内してください」

それだけ言って、ニコラはアロイスの後に続いた。


アロイスに先導されて辿り着いたのは、三階と二階の間の踊り場だった。人通りは全く無く、鏡の前に仁王立ちするエルンストが、険しい表情で鏡を凝視したまま「変化は何もありません！」と報告する。

ニコラもまた鏡に近付き、じっと観察する。

アンティーク調の縁取りは美しくも古めかしく、年代を感じさせるものだが、普通の鏡にしか見えなかった。鏡面に触れればひんやりと冷たいが、不自然な映り込みをすることも、腕が沈み込むようなこともない。コツコツと叩いてみても、硬質な音が鳴るだけ。やはり鏡は鏡だった。

「ニコラ嬢。ジークが、これを君にって……」

アロイスから手渡されたそれは、見覚えのある紫色の石。

ニコラはきょとんと目を瞬いて、それから鏡を振り返ると、眉を下げて苦笑した。

「ナイス機転というか、何というか……」

幼馴染の、咄嗟の頭の回転の速さには舌を巻く。恐らく、役に立つかどうかも分からないなりに、とにかく標《しるべ》を残そうと頭を回したのだろう。だがそのおかげで、縁《えにし》は未だ鏡の中へと繋がっているのだから、ファインプレーだった。

鏡の向こうの隠世《かくりよ》でニコラを待っているであろう幼馴染は、きっとニコラが助けに来ることを微塵《みじん》も疑っていないのだろう。まったく、手がかかる、と嘆息しながら、同時に少しだけ誇らしくもあるから始末が悪い。

「……それじゃあ、迎えに行くとしましょうか」

ニコラは教材鞄《かばん》から教科書を取り出すと、鏡の下辺の縁と同じ高さまで積み上げていく。そして、その上にカリンとエルザから借りてきたばかりの立て鏡を二つ、姿見と鏡面同士が三角になるよう配置した。

そうすれば、鏡に映った鏡の中に鏡が映り、鏡の中は途方もない広がりを見せるのだから、反射という現象は興味深い。無限にも思えるような映り込みの連鎖に、ニコラは満足げに笑みを浮かべた。

——入り口が閉じてしまったのなら、こじ開けるまで。

バミューダ・トライアングルの内側では、よく船舶や飛行機、人間が消える。〝三角形〟は、異界と縁深い記号なのだ。合わせ鏡の三角形は、入り口をこじ開けるのにうってつけである。

姿見の鏡面に指で触れれば、今度はとぷりと波打つように揺れた。鏡面に映る光景も、ゆらりと水面のように歪む。アロイスが、エルンストが、背後で息を呑《の》む気配がした。

ニコラは振り返ると、エルンストにアメジストを手渡す。それから、ニコラ自身が身嗜《みだしな》みのために持ち歩いている鏡も一緒に渡した。この二つは、帰り道の標だ。

「エルンスト様、窓から差す夕陽の光を、手鏡で反射させて、踊り場の姿見に当て続けていてください。それから、三角形に立てた鏡の状態も、崩さないで」

「あ、あぁ……分かった」

「それから、殿下は……」

「お願い。僕も連れて行って」

食い気味に被せられた言葉は、ニコラとしても半ば予想通りのものだった。とはいえ易々と頷ける訳もなく、眉を寄せる。

「僕が君を頼った結果、君が危ない目に遭うのはもう嫌だよ。それに、ジークにも顔向け出来ないから。僕も、一緒に連れて行って」

「…………」

自分が助けを求めた結果、ニコラが死にかけたという先月の一件は、どうやらアロイスなりにトラウマとなったらしい。ニコラとしても前科がある手前、あまり無碍《むげ》にしづらい申し出だった。

それに、今回は異界への入り口を維持しておかなければならない以上、ニコラが拒否しても勝手に着いて来そうな予感がひしひしとする。

ニコラはため息を吐くと、仕方なく了承した。

「ここから先は異界ですから。不用意に――」

「真名《まな》を呼ばない、でしょ。名を握られるのは、存在を縛られることと同義、なんだよね？　ちゃんと分かってるよ」

「…………」

ニコラはもう一度ため息を吐くと、無造作に鏡の中へと片手を差し入れた。

手首から先が、まるで水面のように波紋を広げながら飲み込まれていく。ニコラは足を鏡の縁《へり》にかけ、躊躇《ちゅうちょ》すること無く鏡の向こう側へ飛び込んだ。

6

視界は一瞬で切り替わり、目の前に広がっていたのは薄暗く狭い通路だった。壁や床、天井に至るまで全てが石造りで、それ自体は学院の校舎と大差はない。

だが一方で、窓や扉の類は一切なく、窓の代わりと言わんばかりに、両壁には鏡がいくつも並んでいた。装飾もサイズもてんでバラバラな鏡が居並ぶ様は異様という他ない。空気はひんやりと冷たく、湿気を帯びている。

明かりはといえば、壁に等間隔に設置された燭台《しょくだい》だけだ。蠟燭《ろうそく》の炎がゆらゆらと揺れ、不気味に揺らめいている。通路は真《ま》っ直《す》ぐに伸びていて、燭台同士の間隔が広いためか、その先は闇に溶けて見えづらい。

ニコラは呆然と突っ立っているアロイスの手首を掴むと、暗がりへ向かって足を踏み出した。

「ねぇ、ここは一体……？」

「………殿下は過去に、鏡に纏《まつ》わる怖い話を聞いたことがありますか？」

唐突な問いかけに、アロイスは面食らったように瞬きをする。

「そりゃあもちろんあるよ。小さい頃はよく言われたかな。合わせ鏡は不吉だとか、夜中に鏡を覗き込むと、鏡の中に、って——あぁ、なるほど、そういうこと」

アロイスは得心したようにそう呟くと、隣を歩くニコラをちらりと見遣った。

「確か……、想うことは、像を結んでしまうんだっけ？」

「はい。それが〝想像〟ですから」

人は不可視の領域に怪物を産む生き物だ。それは世界を跨《また》いでも変わらない。それが洋風か、和風か。テイストこそ違えど、発生原因も対処法もそれほど変わらなかった。

古今東西、鏡は多くの迷信やジンクスを持つものだ。その上、鏡が古いものであることも、場所が学校という、念の溜《た》まりやすい空間であるということも、禍《わざわい》したのか。人の想像力が実態を成してしまうのは、よくあることだった。大方、紫水晶の〝抜け駆け〟が、鏡の怪異を触発してしまったのだろう。鏡が延々と続く通路を、二人は歩く。

「君はいつ、どうやって……？　どこで不思議な知識や、術を身につけたのかい……？」

そんな疑問を抱いてしまうのは至極当然だろうと、ニコラも理解はしている。だからこそ驚きや動揺もなく、ニコラはぽつりと呟いた。

「……てっきり、ジーク様から全て聞いているのかと思ってました」

好奇心旺盛なアロイスの性格を思えば、今の今まで尋ねてこなかった方が意外にも思える。だが、そもそもアロイスと二人きりになる機会もなかったかと思い返して、ニコラは小さく苦笑した。

さんざっぱら、祓い屋として身に付けた術を使う姿を見られているのだ。今更、隠すつもりもない。

「前世の記憶っていうやつですよ。私は今も昔も人ならざるモノがよく視《み》えすぎたから、前世ではそういうモノと相対する、専門の職業に就いてたんです」

〝六花〟には、ちゃらんぽらんで、煙草と無精髭《ひげ》と三白眼がトレードマークの師匠がいた。途中からは、適当大雑把《おおざっぱ》で、字が汚くて、お調子者の弟弟子が増えた。

家族というには気恥ずかしい、身内と称するのがしっくりくるような関係性の存在たちを思い出しながら、ニコラは微《かす》かに目を細める。

「……嘘だと思います?」

ちらりと隣のアロイスを見上げれば、「ううん、思わないよ」と返される。だがその反応も、ニコラからすれば予想通りだった。

疑いそうな人間を相手に、ニコラは馬鹿正直に話すような人間ではない。短い付き合いながら、それを予想できる程度には濃い付き合いであるからこそ、話したのだ。

思えば、アロイスと二人きりになる機会もそうあるまい。ニコラは気になっていたことを質問することにした。

「殿下は……好きでもない人間と婚約することを、どう思っているんですか?」

するとアロイスはきょとんと目を瞬き、それからふはっと可笑しそうに吹き出した。

「王侯貴族って大抵みんな、そうじゃない？　結婚した相手を好きになれたら万々歳ってね。君とジークみたいに、好き合っている同士で結ばれることなんて、かなりレアケースだと思うけど？」

アロイスの返答の後半部分は、ニコラの予想の斜め上に着地した。

動揺を悟られまいと、唇を引き結んで、ニコラはふるふると首を横に振る。

「……違う、違います。好きとかそういうのじゃない。私は多分、あの人を好きじゃない、です……」

幼馴染は物好きにも、昔から一途にニコラを好いていると言葉にして、態度にして、余すことなく伝えてくる。焦がれるような視線を、甘い言葉を、柔らかな態度を、惜しげもなく注いでくる。

だから、そういうものを『恋』と呼ぶのだろうとニコラは思うのだ。

でも、だったらきっと、ニコラは同じものを返せない。貰いすぎた好意を、同じ熱量では返せない。

だから、ニコラはジークハルトに恋をしては、いないのだ。

だからこそ、ニコラは最近、そういう感情を向けられる度に困惑する。戸惑う。どういう反応をすればいいのか、分からなくなる。

「えっ待って、君、一度はジークとの婚約を受け入れてなかった……？」

アロイスは目を丸くして、ニコラの顔を不思議そうに覗き込む。ニコラは目を逸らして、伏せた瞳をうろうろと彷徨《さまよ》わせた。

「だって……家族になら、なれると思いました」

見目麗しい容姿に似合わず、実直な性格。目を離せばすぐに彼岸《ひがん》へ渡ってしまいそうな、世話の焼ける子ども。

それが、気付けば隣にいると心が落ち着き、信頼をおける存在になっていた。絆《ほだ》されたというのなら、否定はしないだろう。勝手にどこかで取り殺されるのも腹が立つし、だったらずっと目の届く所にいてくれとさえ思う。

ジークハルトはいつの間にかニコラの内側にいて、それは十年後も二十年後もきっと変わらないだろうと思ったから、婚約を受け入れた。それだけだ。だが、それは決して、

「――恋をしているからじゃ、ない、です」

絞り出すように呟くと、上から「うわぁ、無自覚なのかぁ……」と声が降ってくる。

だが、これは自分を十二分に理解した上での見解だ。ニコラは「失礼な」とアロイスを睨《ね》め付けた。

「……………愛のない結婚より不幸な結婚があると、聞いたことがあります。片方にだけ愛がある結婚だって」

釣り合わない天秤《てんびん》は、いつか崩落するものでしょう。

そう小さく呟けば、アロイスは楽しげに笑って言った。

「あはは、なるほどね、ジークがやけに悠長に構えているのも、急かしたくないっていう気持ちも、ちょっと分かったや」

それから、アロイスは少しだけ考える素振りを見せて、言葉を続ける。

「僕の個人的な見解だけど、恋って、相手のために、自分の心と体をほんの少しだけ空けておくことだと思うんだ。心にその人がいて、毎日思い出すことを、好きって言うのかなって」

ニコラはいつだって幼馴染を気にかけている。だがそれは、彼があまりにも取り憑《つ》かれやすいからだ。ニコラは眉を寄せ、その真意を探ろうと目を細める。

「何が言いたいんですか」

アロイスは肩を竦め、いつもの調子でへらりと笑った。

「恋の形は人それぞれだよ。君はもっと色々な人の、恋の定義を知るといいんじゃないかな」

ニコラは目を眇《すが》め「知ったところで何も変わりませんよ」と言いかけて辞めた。アロイスもまた、言葉を続けようとはしなかった。永遠に続くかと思われた回廊に、ようやく終わりが見えたからだ。

気を取り直すため、雑念を追い払うため、ニコラは思いっきり頬を叩いて表情を引き締める。それから、古びた木製の扉の前で足を止めた。

「……まずは私だけ進みます。殿下は合図をするまで、入らないでくださいね」

◇

扉は重く、押せば〝イイイー……と軋《きし》むような耳障りな音を立てる。隙間から漏れる明かりに目を細めながら、ニコラはゆっくりと扉を押し開いた。

途端に鼻腔《びこう》に飛び込んでくるのは、香ばしい肉と香辛料の香り。その匂いは食欲を刺激し、否応なしに空腹感を覚えさせる。

扉の向こう側に広がるのは、随分と広い部屋だった。天井は高く、窓は一つもない。代わりに、やはり壁には大小様々な鏡が並んでいる。

特筆すべきは、中央に置かれた長テーブルだろうか。そのテーブルの上には、色とりどりの料理が所狭しと置かれていて、芳《かぐわ》しい匂いを放っていた。人っ子一人いない空間に、それらは何とも異様な存在感を放つ。ニコラは思わず「うわぁ、何てあからさまな……」と失笑した。

『黄泉戸喫《よもつへぐい》』や『ペルセポネの冥界下り』に代表されるように、異界のものを食べてしまえば、二度と現世には戻れないのが習わしなのだ。この異界の主は、とことんジークハルトをこの隠世に引き止めたいらしかった。

ニコラの背後で、ふっと笑う気配がする。

「流石に食べないよ。昔から、君には口を酸っぱくして教えられてきたからね」

振り向けば、扉のすぐ横の壁に凭《もた》れる幼馴染がいて、困ったように微笑んでいた。

「助けに来てくれたんだね、ありがとう」

そう言って、ジークハルトは蕩《とろ》けるように、顔をあどけなく綻ばせた。ニコラは一瞬、言葉に詰まってしまって、それから可愛げもなくそっぽを向く。

「最近、私が笑うとそういう反応をするよね」

「…………今日も無駄に顔面がお綺麗だなと思っただけです」

「綺麗なものを見る反応ではない気がするけれど？」

くすくすと笑う気配に、きゅっと眉を寄せる。だが、視線だけを戻してジークハルトを一瞥《いちべつ》するに、特に怪我や消耗もないらしかった。

ニコラはため息とも安堵《あんど》ともつかない吐息を零しかけて、寸前でその用途を舌打ちに変える。ジークハルトの背後の鏡から伸びようとする、無数の白い腕が目に入ったからだ。

「……駄目。この人は、あげません」

ニコラはぐっとジークハルトを引き寄せ、部屋の外に出ると力任せに扉を閉める。そのまま「反転して全力疾走！」と叫べば、扉の脇にいたアロイスが「どうやって⁉」と叫び返してきた。

振り向けば、両壁の鏡からも無数の腕が伸びていて、イソギンチャクよろしく蠢《うごめ》いて通路を埋め尽くそうとしているのだから、ニコラはもう一度盛大に舌打ちを打つ。

ニコラはポケットの中の紙人形をありったけ引っ掴むと、宙に放って柏手《かしわで》を一つ打つ。

パンッ、と乾いた音が響くと同時に、紙は指向性を持って、前方へ勢いよく飛んでいった。紙吹雪ならぬ紙人形の群れは、瞬く間に白い腕を斬り裂いて飛んでいく。

「今！　早く！」

ジークハルトとアロイスの手を引っ掴んで、元来た道を一目散に走り出す。

後ろを振り返る余裕などなかったが、追い縋《すが》ってくる腕の気配を振り切るように、ひたすらに前を向いて走った。だが、自慢ではないが、ニコラの運動神経はすこぶる悪い。

いつの間にか、引っ張っていたはずの両手は引っ張られていて、足の遅いニコラは半ば宙に浮く形になっていたが、それでも必死に足を動かす。

やがて、無数に並ぶ鏡のうちにひとつだけ、金色に光る鏡が見えた。背後から迫る気配に急かされるように、三人は更に速度を上げる。そして、揃って鏡に飛び込んだ。

瞬間、チカッと視界は真っ白に染まり、眩《まぶ》しさに思わず目を細める。

それが、エルンストが鏡で反射させている夕日のせいだと理解して、そこがいつもの校舎であることを理解して、ニコラはぜぇはぁと荒く息をついて足を止めた。

だが、ニコラにはまだ最後の仕上げが残っている。「助かった……」と踊り場に座り込む二人を羨ましく思いながら、ニコラは縺《もつ》れそうになる足をもう一度動かして、エルンストからアメジストを回収する。ニコラは小さくアメジストに囁《ささや》いた。

「自分がこの人にとって有用なモノだと、認めさせてみなよ」

それから、ニコラはその紫をポイッと鏡の中へ投げ込んだ。アメジストがとぷりと鏡面に沈み込むのを見届けてから、仕上げに異界の入り口をこじ開けるために作った鏡の〝三角形〟を崩し、完全に異界を閉じる。

そこまでしてようやく、ニコラも壁に背を預けてずるずると座り込んだ。

「えぇえ……あのアメジスト、投げ込んじゃった……」

アロイスが口をあんぐり開けて呟くのを横目に、ニコラはぐったりと脱力した。

「……前言撤回です。この人の身の回りに、無用のトラブルを呼び込むモノは要りません」

――むらさきのあの子も、かがみのあの子も、ぬけがけ、ずるい！

元はと言えば、紫水晶の〝抜け駆け〟が発端なのだろう。

目には目を、歯には歯を。人外には、人外をぶつけるのがちょうどいい。抜け駆けしたもの同士、いっそ存分に喧嘩をすればいいのだ。

曲がりなりにもニコラの手を弾いたり、自力で移動まで出来るような紫水晶だ。鏡の怪異はニコラがそれなりに消耗させたはずであるし、なかなかにいい勝負が出来るのではなかろうかとニコラは思う。

それに、もしも紫水晶が勝って、驚異のガッツと執着でジークハルトの元へ帰ってくるというのなら——その時はまぁ、幼馴染の側にあることを許してやらんでもないかな、とニコラは小さく肩を竦めた。

果たして、その翌日のこと。

踊り場の姿見は粉々に割れ、ジークハルトの枕元には、やや草臥《くたび》れた様子のアメジストが転がっていたというのだから、ニコラは困ったように小さく笑った。

二章――旅は道連れ、世は奈落

1

時折聞こえる汽笛の音。規則的な振動に揺られ、車窓の外を景色が流れていく。微《かす》かに香る、蒸気と石炭、それから油が混じった煙の匂い。

コンパートメントタイプの一等客車で向かい合うのは、馴染《なじ》みの面子《めんつ》に侯爵令嬢シャルロッテと侍女エマを加えた、六人の男女だった。

シャルロッテ・フォン・ローゼンハイムは、まるで自己紹介のついでだとでも言うように、涼しい顔であっけらかんと言い放つ。

「あぁ、それから……。オレ、中身の人格、男なんすよねー」

連休の旅路は、美少女の爆弾発言から幕を開けた。

――遡《さかのぼ》ること、十数分前。

旅の始まり、初対面の人間を含んだ六人の待ち合わせ場所は、一等客車の指定されたコンパートメントの中だった。

窓辺から通路扉側に向かって、アロイス、エマ、エルンストが座り、もう一方の窓辺から、ジークハルト、ニコラ、シャルロッテの順で、一同は向かい合って座る。

アロイスはコンパートメント内をぐるりと見回してから、朗らかに笑って口火を切った。

「公式の場ではないし、せっかくの旅路だからね。格式張った礼儀作法なんかはナシにしよう！　久しぶりの再会もあるみたいだし、言葉遣いだって気にしなくていいよ。さぁ、まずは自己紹介から始めようか」

格式張った礼儀作法はナシ、という言葉通り、自己紹介は身分の序列ではなく座席順で始まった。挨拶は窓側のアロイスから始まったが、ニコラとしては見知った人間の自己紹介など今更であるので、ぼんやりと適当に聞き流す。そうこうしていれば、挨拶はすぐにエマへと移り変わった。

「この中だと、エマさんだけ年上ですね」

エマはそう言って、シャルロッテとよく似たミルクティー色の長いおさげをふわりと揺らす。その目元は瓶底メガネで窺《うかが》いづらいが、その分ころころと眉や口元が動いて、表情は案外分かりやすい。

「エマさんは殿下のお側《そば》付きの侍女ですよー。十歳かそこらからご奉公に上がっているので、殿下やエルンくんがこーんなに小さい頃から知ってるんですよう」

指先で数センチくらいの幅を作って笑うエマに、エルンストが「お前もたった一歳しか変わらんだろう！」と食ってかかる。つまりエマは十九歳か、とニコラは脳内補完した。何だか随分と癖のある侍女である。

「エマさんとってても目が悪いので、もしかすると、ご迷惑をかけてしまうこともあるかと思いますが、どうぞよろしくお願いしますね」

それから順当に、エルンスト、ジークハルトと自己紹介は回り、ニコラもまた当たり障りない挨拶を終える。やがて、最後に残ったシャルロッテが名前を名乗り、そして、

「あぁ、それから……。オレ、中身の人格、男なんすよねー」

そういう訳で、話は冒頭に巻き戻る。

「え、いや、えっ……⁉」

あまりにもあっさりと告げられた衝撃のカミングアウトに、ニコラの声は裏返る。

ニコラが絶句する中、周りの反応はそれぞれだった。同じく驚いた様子なのはジークハルトだけで、アロイスは苦笑気味に笑い、エルンストは眉間にしわを寄せただけだった。その反応に、二人は知っていたのだなと悟る。

アロイスは肩を竦《すく》めて、片目を瞑《つむ》った。

「会ったことはなかったけれど、『弟』については昔から、エマが話していたからね」

割とデリケートな問題かもしれないのに、だったら事前に言っておけと、ニコラはアロイスを恨みがましく睨《にら》む。

「気軽に〝シャルくん〟って呼んであげてくださいね」

「んじゃ、そーいう訳で、女の子扱いとかほんと勘弁なんで、そんなカンジでよろしくお願いしまー

す」

エマの言葉を受けて、シャルロッテ――シャルはへらりと笑って手を振った。随分と軽いノリの姉弟（?）に、ニコラは頭を抱えたくなる。

やたらとフランクな第一王子に、堅物《かたぶつ》騎士。掴《つか》めない性格の侍女に、中身が男の子だという侯爵令嬢。そして、人外ホイホイの幼馴染《おさななじみ》に、前世の記憶を持つニコラ自身。一癖どころか、物の見事に六癖揃《そろ》った珍道中。

流石《さすが》に面子が濃すぎやしないかと、ニコラはジークハルトと顔を見合わせた。

2

田園風景を抜ける車窓には、煙が時に太く、時に細くたなびいていく。車体は時折大きく傾き、その度に車輪から軋《きし》むような音が鳴った。

揺れる車内で、ニコラは隣に座るシャルの横顔をちらりと盗み見る。

ぱっちりとしたオリーブ色の瞳に、高い鼻梁《びりょう》。柔らかそうな唇に、白い肌。見た目ばかりは抜群の美少女はしかし、見た目にそぐわないラフさとフランクさで、瞬く間に場へ溶け込んでしまった。

アロイス、エマ、シャルはとりわけコミュニケーション能力が高いのか、全員を巻き込んで雑談を回すことにそつがなく、会話はそれなりに盛り上がった。

最初こそ困惑していたジークハルトも気付けば「シャル」と呼ぶほど打ち解け、談笑に加わっている始末だ。エルンストはもはや終始「閣下以外、全員無礼だぞッ！」ｂｏｔと化しているが、それはもう日常風景とも言える。

初対面の人間を交えた旅である割に、そして衝撃的なカミングアウトから始まった割に、案外旅の雰囲気は悪くなかった。

「そろそろお昼時だね」

ジークハルトの呟《つぶや》きに、アロイスが懐中時計を確認する。時刻は正午を過ぎたところだった。

「あ、エマさん軽食を作ってきたんです。良かったら皆さんもぜひ～」

その言葉に何故《なぜ》か、エマと旧知だった三人がサッと顔を青くする。

「ねーちゃんさぁ、流石に王子サマ毒殺はマズいって……」

「エマ……あれほど厨房《ちゅうぼう》に入っちゃ駄目だって言ったのに……」

天井を仰ぐシャルに、顔を手で覆うアロイス。

エルンストは据わった目付きですくっと立ち上がると「今すぐ車内販売を呼び止めて来ます！」と叫ぶや否や、コンパートメントを飛び出していく。

彼らの反応を見れば、エマの手料理の出来が如何《いか》なるものか、察することは容易である。ニコラはジークハルトと無言で顔を見合わせた。

「えっと、その、そんなに……？」

ジークハルトが、恐る恐るアロイスを窺う。

するとアロイスは、力無く首を縦に振った。

「……僕はさ、料理を作ってくれる人には敬意を払うべきだと思ってる。だから、たとえどれだけ美味しくなくても、『最悪』って表現はしないように心がけてるんだ。でも、エマの料理の腕だけは、控えめに言っても『最悪』かな。控えめに言わなきゃ何だろう、こう、本当に何だろう……？　ごめん、ちょっと他に比類する言葉を思いつかないや」

死んだ魚のような目で言うアロイスに、シャルが神妙な面持ちで「ですよね！」と激しく頷《うなず》いた。

二人は手と手を握り合い、お互いの顔を見つめ合って遠い目で乾いた笑い声を上げる。

「そ、そこまで酷《ひど》いんだ……？」

引き気味にニコラが零《こぼ》せば、その呟きを拾ったシャルがぐりんと勢いよくこちらを向く。

「いやもう、ほんと酷い。そりゃあ酷い。ねーちゃんの料理を超える悲劇は、シェイクスピアにだって書けないわ。『この後スタッフが美味しくいただきました』のスタッフですら、諸手《もろて》を挙げて逃げ出すレベルだね」

「おっと？　文学とコンプライアンスの敗北」

弟にまで無茶苦茶に扱《こ》き下ろされたエマはといえば、「今日のはちゃあんと美味しく出来ましたよう」と、あまり堪えた様子はない。それどころか、むしろ心外だとばかりにぷくっと頰を膨らませて、籐《とう》のバスケットの蓋を開けた。

少しの好奇心から、恐る恐る覗《のぞ》き込んで見る。すると何故か、死んだ魚の目とばっちり目が合ってしまって、ニコラの思考は寸の間停止した。

「スターゲイジー・パイっていう、隣国の郷土料理だそうですよー。見た目がとっても可愛いでしょう？」

こんがりと焼かれたパイ生地からいくつも突き出す、魚の頭。パイから飛び出た生首たちは虚空を見つめ、何処からでも目が合うような気さえする。この上なくシュールな絵面を前に、ニコラは思わず言葉を失った。

「うわぁ」

そう呟いたのは、ニコラだったのか、それとも他の誰かだったか。だが、そんな周囲の様子を気にすることもなく、エマは嬉々《きき》として説明を続けた。

「甘くないフィッシュ・パイですよ。ニシンとマッシュポテト、ゆで卵などをパイ生地に包んで焼き上げました～」

自信作なのだと胸を張るエマの言葉を聞きながら、ニコラはパイから突き出す魚の頭を恐る恐る眺めてみる。

だが、絵面のインパクトにさえ目を瞑れば、確かにパイ生地はこんがりときつね色に焼けていて、突き出す魚の頭も程よく焼き目が付いているように見える。

見た目こそアレだが、その一点に目を瞑りさえすれば、正直美味しそうだった。とてもアロイスやシャルが扱き下ろす程の出来には見えなくて、ニコラは首を傾《かし》げてしまう。

「ニコラさんも、良かったらぜひ」

勧められるがままにフォークを差し入れると、さくりと軽い感触。見た目から想定される通り、焼き魚の香ばしい香りだ。ここまでは良かった。

問題は、口に含み、咀嚼《そしゃく》した瞬間。

何故か口腔《こうくう》に広がる青臭さと苦味、それと相反するスーッとした清涼感、それら全てを薙《な》ぎ倒しかけて絶妙に薙ぎ倒しきれない、芳醇《ほうじゅん》な甘み。そして、ランチにはちょうど良い塩梅《あんばい》の、魚とポテトの塩気。

およそ共存するべくもない味わいがいくつも同時に押し寄せて、ニコラは思わずゴホッと噎《む》せた。

「ちなみに隠し味は、パクチーとミントと桃ですよう」

「どうして⁉　絶対レシピにそんな材料書かれてなかったでしょう⁉」

ニコラは反射的に突っ込むが、エマはニコニコと笑顔を浮かべたままだ。

シャルが真っ向からエマの肩を掴み、幼子に諭す口調で言う。

「あのさぁ、ねーちゃん。隠し味ってのはさ、『へー、そんな食材入れるんだ、予想外～』みたいなモノを言うんじゃないワケよ、お分かり？　分かったら大人しく、その無駄に詩的な名前のパイはもう仕舞おうぜ？　王子サマには絶対食べさせちゃいけない代物だってそれ」

そう言って、シャルは手慣れた素振りでエマから皿を奪い取る。しかしエマは納得がいかないのか、不服げに口を尖《とが》らせた。

「殿下がシャルくんと会える機会を作ってくれたから、お礼に殿下の好きなモノを入れたのに、残念です……。桃は魔《ま》除《よ》けにもなる縁起物だって聞いたから、幸先の良い旅になればって思ったのに」

桃は魔除けの縁起物。その言葉に、ニコラはよく知っているなとエマの顔を見た。

だがエマはといえば、しゅんと項垂《うなだ》れてしまっていて、それを見遣《や》ったアロイスは呆《あき》れたようなため息を吐く。それから、仕方なさそうな表情を浮かべて口を開いた。

「……一口だけなら、食べるよ」

あ、食べるんだ。そう思ったのはニコラだけではないのだろう。

両隣と顔を見合わせれば、ジークハルトは興味深そうに目を瞬き、シャルは「へぇ」と意外そうに眉を上げげた。そんな周囲の反応など意にも介さず、エマは嬉《うれ》しそうに笑う。

エマはいそいそとパイを小皿に取り分け、フォークを添えて差し出した。

アロイスはそれを恐る恐ると口に運び、そして、

「殿下、まだ生きていらっしゃいますかッ⁉」

両手に軽食や飲み物を抱え込んだエルンストがコンパートメントに戻って来た頃には、アロイスはすっかり青い顔で悶絶《もんぜつ》していた。そら、言わんこっちゃない。

「……こちら、水です」

慣れたように飲み物を手渡すエルンストの様子を見るに、もしかすると毎度、一口は食べてあげているのかもしれない。ニコラはそんなことを考えて「意外に身体を張るなぁこの王子」と、窓の外を見ながらぼんやりと思った。

3

エルンストが買って来た軽食はどれも美味しかった。

パンは食堂車で焼きたてなのか、暖かく、バターと小麦の良い香りがする。

間に挟まれたソーセージはパリッとしていて、嚙《か》むと肉汁が溢《あふ》れ出た。絶妙な塩加減と、レタスとトマトのバランスが丁度良い。

卵とベーコンと野菜たっぷりのキッシュは、嚙むとじゅわりと旨味が染み出す。どれもこれも、エマの手料理の印象を払拭《ふっしょく》するには十分すぎる程だった。

デザート代わりのクッキーもまた、さくりと軽い歯触りで、香ばしく甘い。紅茶と一緒に食べると口の中がすっきりして、いくらでも食べられそうだった。

ニコラはクッキーをパクつきながら、向かい側に座るアロイスとエマの様子をちらりと窺う。見れば、アロイスが食べようとする物に先んじて手を伸ばすあたり、エマは毒味役でも担っているのだろうか。はたまたちょっとした嫌がらせのじゃれ合いなのか。

そんな二人の様子を見てか、そうでないのか、シャルは何気ない調子で口を開いた。

「王子サマってさ、お忍びとはいえ、こんな少人数で旅行なんて出来るもんなんだね。オレ、なんかもっと仰々《ぎょうぎょう》しい感じの旅になるのかと思ってた」

その言葉に、ニコラは確かに、と頷く。だが、隣のジークハルトは意外には思っていないのか、ニコラとシャルを見て苦笑した。

「現状、アロイスが死んでしまうことで得をする勢力って、国内にも国外にもいないんだ」

ジークハルトの言葉を受けて、アロイスはあっさりとした調子で肯定する。

「そう。今となっては、僕以外に王位継承権を持つ人間っていないからねー。僕の婚約者の座を巡る、貴族間の蹴落とし合いはあったとしても、害意が僕に向くことはないんだ」

アロイスは紅茶を一口飲んで喉を潤すと、さらに言葉を続けた。

「それに、ほら。エルンも同行するからね。エルンより強い騎士って、近衛の中にもいないんだ。だから、エルンを側に置くだけで十分だっていう、近衛からの厚い信頼――と言いたいとこだけど……」

アロイスはそこで言葉を区切ると、小さく肩を竦めた。

「今回は一応、他の乗客や旅行者に紛れて、護衛がついてるよ」

これにはジークハルトも意外だったのか、少し驚いた素振りを見せる。だが、やがてすぐに腑《ふ》に落ちたような表情へと変わった。

「もしかして、これが原因かな」

そう言ってジークハルトが取り出したのは、今朝買ったばかりであるらしい地方新聞だった。トントンと形の良い指が叩《たた》くのは、中でもとりわけ小さな記事だった。

費用さえ出せば、庶民でも載せられるそのコーナーには『探しています』を意味するアルファベットが躍る。どうやら、行方不明になった子どもの情報を求める記事らしい。似顔絵には、ハンチング帽を被った十歳くらいの少年の顔が載っている。

アロイスは「当たり」と少しだけ眉を寄せた。

「ここ最近、連続して人攫《ひとさら》いが目的地の近隣で起こっているんだよね。いなくなっているのは小さな子どもばかりだから、僕らが狙われることは無いと思うけど、念の為にね」

人攫い。それは十八、十九世紀の文明レベルであれば、残念ながらありがちな話ではある。働き手として売られたなら御の字。特殊性癖を拗《こじ》らせた貴族などに売られてしまえば、悲惨な末路を辿《たど》ることもあるだろう。

気分のいい話ではないが、正義感を燃やしたところで何が出来るわけでもない。あと、そういうのフラグになりそうだからやめてくれ、とも思う。「やめようか、この話題」と苦笑するジークハルトに、全力で頷くのが関の山だった。


気付けば、エマがずいぶん静かになっていて、見ればうつらうつらと船を漕《こ》いでいた。かくんかくんと傾ぐ頭。右に左に揺れる身体はやがてアロイスの肩にぶつかる。

「あ、馬鹿お前ッ！　殿下の前で寝こけるつもりか⁉」

そう声を荒らげるエルンストに、エマは「寝てないですよ……」ともぞもぞ居直った。だがまた数秒後には船を漕ぎ始めるものだから、エルンストは額を押さえて唸《うな》る。

「…………分かった、殿下の迷惑とならぬよう、こちらの方へ寄りかかれ」

そう言って、エルンストは自らの肩を示す。その顔にはありありと『苦渋の決断』と書いてあるが、意外にもそれを引き止めたのは、アロイスだった。

「別にいいよ、これくらい。エルンとエマじゃ身長差がありすぎて、寝にくそうだし」

アロイスはそう言って、エルンストの方へ傾きかけたエマの腕を引っ張ると、あっさりと己の肩へと引き寄せてしまう。それはごくごく自然な動作で、ニコラは「おや？」と片眉を上げた。

エルンストが「ですが！」「しかし！」と騒ぎ立てるのを尻目に、ニコラはジークハルトの顔を見上げ、目をぱちぱちと瞬かせる。

ジークハルトはそんなニコラにため息を吐いて、小さく笑った。

「どうして人の機微には聡《さと》いのに、自分の機微には疎いのかな……」

「……何のことですか」

ジークハルトは長い指で、ニコラの頬《ほお》に付いていたらしいクッキーの欠片を取る。ニコラは一瞬顔をくしゃっと顰《しか》めたが、すぐに元に戻るとクッキーをもう一枚食べた。

「ニコラも、眠たかったら眠っていいよ」

そう言って、ジークハルトが自分の膝をとんとんと叩くので「眠くない寝ない」とニコラはそっぽを向いた。

隣でシャルが「何だよ、リア充ばっかりか」と笑う気配がするも、それには全力で聞こえない振りを決め込んで、ニコラはひたすらにクッキーをもそもそと咀嚼した。

◇

ふわりとカーテンが揺れる。窓の外には赤や黄色に色付いた木立と、抜けるように高く澄んだ秋の空が広がっていた。秋晴れの陽光が差し込む車内は明るく、心地よい。

ガタンゴトンと規則的な音が響く車内では、他愛もない会話が交わされていたけれど、時折それも途切れてしまう。

「……あ、もうすぐトンネルだね」

アロイスの声に釣られて外を見ると、確かに歪曲《わいきょく》する線路の先、前方の山肌に、ぽっかりと暗い空間が広がっていた。それは徐々に大きくなっていき、やがて車窓からは見切れ、見えなくなる。

揺れる車体に、車輪の軋む音。

それは、トンネルに入り、視界が暗転する寸前のことだった。馴染みのある、ピリッと肌を刺すような空気の変化を感じて、ニコラはスッと目を細める。

エマはまだ眠っているはずで、隣のシャルは起きているが、トンネルの暗がりに入れば、ニコラの不審な挙動も誤魔化しようはあるだろう。そう踏んだニコラは、呪符をコンパートメントの四隅に放ち、控えめに柏手《かしわで》を一つ打つ。

だが、柏手は何故かパパンッ！　と二重にばらついて聞こえ、ニコラははて、と首を傾げた。次いで、べちっと紙と紙がぶつかるような音と、それらが床に落ち、足元に当たる気配が続く。

ニコラは暗がりに目が慣れるのを待って、薄明かりの下、落ちた呪符をそっと拾い上げた。右隣でも同様に、何かを拾う気配がする。

拾った二枚の呪符を見れば、引っ付いたソレらはぐしゃりとひしゃげていて、違う術者の呪符同士が干渉し合って失敗したのだと分かる。

うち一枚には蚯蚓《みみず》がのたくったような悪筆が踊っていて、ニコラはため息を吐いた。思わず口をついて出た悪態は、完全に無意識のもので――。

「いや、相っ変わらず字汚っ……」

「はぁ～？　ロシアの筆記体より断然マシですぅ。てかどうすんの？　結界、相殺《そうさい》し合っちゃったじゃん。お前よりオレのが速いんだから、こういう時はオレに任せろっていつも言って、るだ、ろ………って………」

「嫌だわ！　だってあんたが書いた呪符って雑すぎてたまにスカるで、しょ………………」

反射的に叫んだ内容の意味するところを、ふたり揃って同時に理解したのだろう。瞠目《どうもく》して勢いよくニコラを振り仰いだシャルに、ニコラもまた大きく目を剝いて固まった。

「何事ですか～？」

ぽやぽやと寝惚《ねぼ》け眼を擦るエマと、ジークハルト、アロイス、エルンストの怪訝《けげん》そうな視線が突き刺さるが、それに構っていられる余裕はない。シャルの「……オーケー、一回外で話そーぜ」という言葉に、ニコラは一も二もなく頷いた。

コンパートメントを出て、ぱたんと後ろ手に扉を閉める。そうすれば、シャルはため息と共に、がしがしと頭を掻《か》きながら通路にしゃがみ込んだ。

「なーんか初めて喋《しゃべ》った気がしないと思ったら、お前かよー……」

「…………それはこっちの台詞」

ニコラもまた、頭痛をやり過ごすように顳顬《こめかみ》を押さえる。

エマが桃を魔除けの縁起物だと認識していたのも、弟弟子が身近にいたのなら当然のことだった。きっとシャルがエマに教えたのだろう。

「ねぇ、一応試《こころ》みに問うけど。……人を食ったような態度で死ぬほど口が悪い、三十路《みそじ》の不良男に師事したこと、ある？」

シャルは片手を上げて、「おー、あるある」と肯定した。

「ま、あのお師匠なら『大人に良も不良もあるかよ、馬ァ鹿』とか言うんだろーけどさー」

あぁ、言うだろうなと、ニコラはシニカルに嗤《わら》う師を思い出して顔を歪《ゆが》める。

「んじゃ、オレも試みに問うけどさ。年がら年中煙草ばーっか吸ってる、引くほど不摂生なちゃらんぽらんに師事したこと、ある？」

今度はニコラが「……あるよ、癪《しゃく》なことに」と答える番だった。ニコラは
「多分、あの人なら『ド阿呆《あほう》、身体に悪ぃモンは心に良ンだよ。大体ニコチンなんかより、腐りきった俗世の空気の方が、よーっぽど身体に悪りィから』とでも言うんだろうね」

シャルは「あー、言いそう。似てる似てる」とケラケラ笑う。それからハァーとため息を吐いて立ち上がると、衣類をぱっぱと叩いた。

二人きりしかいない通路は不気味なまでに静謐《せいひつ》で、人の気配がまるで無い。

「ま、積もる話……があるのかはさておき。話はあとにしよーぜ、姉弟子」

「……とりあえず、この異界を出てからね。弟弟子」

4

コンパートメントの中に戻れば、外の静けさとは裏腹に、随分と姦《かしま》しいものだった。

「ひっ……いつの間にか、手形が窓に、大量に……！」

「あり得ない……電車は走り続けているのに、一体どうやって……!?」

青ざめる彼らの視線を辿れば、なるほど、窓に大量の手形がべったりと付いている。中には血のような赤黒いものも混じっていて、なかなかにホラーな情景だった。珍しくエルンストまで怯《ひる》んでいる様子に、ニコラは仕方がないかと肩を竦める。

無数の手形は、トンネル内のガス灯を通過する度に増えていく。隣に立つシャルが腕を頭の裏で組んで、まるで他人事といった調子ではははっと笑った。

「こういうのって、なーんでか窓の内側に付いてることが多いんだよなー」

びくりと身体を強張らせるアロイスやジークハルトとは対照的に、エマはハンカチを取り出すと、キュキュッと窓を拭く。

「あー、本当ですよー。これ、内側ですねえ」

「わあー！　もうどうしてそんな怖いことを確かめちゃうの！」

「そんなまさか、あり得ないだろうッ!?」

そう言って、アロイスとエルンストが慌ててエマの肩を摑んで窓から引き離す。ニコラもまた、要らぬことを言ったシャルを睨み、肘で小突いた。

「いたずらに恐怖を煽《あお》るようなことを言わない」

「ちぇ」

そんなやり取りをしていれば、ジークハルトの物問いたげな視線を感じて、ニコラは頰を掻く。だが、どう説明したものかと数秒の間思案するも、妙案は思い付かず。

結局、事実のみを告げることにした。

「あー、シャルは、前世の知人というか、腐れ縁です……私に出来ることは、だいたいシャルにも出来ると思ってもらって大丈夫です」

前半部分は、流石に前世の事情を告げたことのあるジークハルトとアロイスにだけ聞こえるように声を潜め、後半はエルンストにも聞こえるように言った。ジークハルトとアロイスは目を丸くして、シャルを穴が空きそうなほどに見つめる。

だが当の本人はといえば、全く気にした素振りもなく。「ねーちゃん、こいつ前世の姉弟子だったわー」と緩い調子でエマに報告を終えると、全員を振り返って言った。

「んじゃ、話変えていいっすか。ちょーっとマズいことに、オレたちのコンパートメントだけ異界に引きずり込まれたみたいなんで、取り急ぎ脱出しましょ」

そうなの？とでも言いたげな視線がいくつかニコラの方に集中する。

だが、肯定するように頷いて見せれば、ジークハルト、アロイス、エルンストはすぐに表情を引き締めた。流石、つい先日鏡に引きずり込まれたり、それを目撃したばかりの人間たちは話が早い。

強引な話題転換といえばそれまでだが、シャルのおかげで有耶無耶《うやむや》に出来そうな流れに、一人胸を撫《な》で下ろしたことは秘密である。

◇

ニコラが先導し、シャルが殿《しんがり》を務める形で、一行は通路に出た。

だが、やはり通路には人の気配が全く無く、他のコンパートメントを覗き込んでみても、人影どころか荷物さえも無い。

「本当に、乗客が一人もいない……」

一等客車を出て、他の客車や食堂車に移ってみても、やはり誰の姿も見当たらず。乗客はおろか、車掌の姿さえも無く、列車は最初から無人であったかのように静まり返っていた。

「……機関車自体の速度がかなり落ちているね。この分だと、機関助士もいなくなってしまったのかな」

ニコラのすぐ後ろを歩くジークハルトがそう囁《ささや》いた。

確かにジークハルトの言う通り、絶えず一定のリズムを刻んでいた筈《はず》の車輪の音は、トンネルに入って以降、音の間隔を広げ続けている。

蒸気機関車は、絶えず石炭を燃やし続けなければ、走行することが出来ないのだ。窯に石炭を補給する機関助士もいなくなってしまったのなら、速度が落ちていくのも当然のことだった。

「……このままだと、直《じき》に停車してしまうぞ」

ジークハルトよりも後方から、エルンストが声を上げた。

確かにこの分では、トンネルを抜けるか抜け切らないかの辺りで停車してしまうだろう。だが、ニコラは振り返ることなく、前方を見据えたまま言った。

「問題ありません。いえ、むしろ、停車してもらわなければ困ります。汽車を降りたら、来た道を歩いて戻らないといけませんから」

えぇっ、と背後から素っ頓狂な声が上がる。

「来た道をって、まさかこのトンネルを歩いて戻るんですか？　手形の主さんたち、きっとたくさんいますよ……？」

「まぁ、いるでしょうねぇ」

ニコラはちらりと横目に窓の外を見遣る。

トンネルの暗がりの中、最初こそ鏡のように車内を映していた窓硝子《ガラス》は、もはや手形に隙間無く覆われていた。このトンネルの中を徒歩で突っ切るなど、正気の沙汰ではないと思う気持ちも理解できなくはない。

だが、どれだけ気味が悪かろうとも、このトンネルを通って戻るのが最適解なのだから、仕方がないのだ。ニコラは足を止めることなく、口を開いた。

「……どんな異界にも、必ず果てがあるんです。無限に続く異界というのは、この世に存在しません」

果てが無いなら、それはもはや異世界だ。そして、それらは似て全く非なるものである。

「果てがあるなら、理論上、どの方角に進んだとしても、いつかは周縁部、際《きわ》に辿り着きます。でも、闇雲な方向に進むなら、その先どれぐらい進む必要があるのかを知る術もまた、ありません。なのでこういう場合は、入って来た所から戻るのが定石なんですよ」

そうすれば少なくとも、進んだ分だけ戻ればいいということは確実だからだ。

列車の最後尾を目指しながら、ニコラは淡々とそう語った。「おまけにさ」と説明を次いだのは、最後尾にいるシャルの声だ。

「ほら、異界の入り口は〝トンネル〟っていう、分かりやすい記号だったでしょ？　古今東西、トンネルとか橋、川ってのは、世界を分ける象徴《シンボル》、此岸《しがん》と彼岸《ひがん》を隔てる境目なんだよね。〝渡る〟とか〝くぐる〟っていう動作はさ、境界を踏み越える、ある種の儀式なワケ。まぁだからこそ、このトンネルを通って出るのが、一番分かりやすくて確実なのね」

シャルの言葉を受けて、エマが「なるほど」と納得したように相槌《あいづち》を打つ。

「そういうもの、なの、か……？」

エルンストは納得し切れてはいなさそうだが、彼もまた、最終的には押し黙った。

ニコラが初めて出会った頃にはオカルトを全否定していた堅物が、何とも丸くなったものだ。ニコラはジークハルトと顔を見合わせて、小さく笑う。

「あ。ねぇ、そういえば……」

今度はアロイスが、不思議そうに声を上げた。

「エルン自身がこういう不思議な現象に巻き込まれるのって、初めてじゃない？　珍しいよね」

「あー、確かにね。騎士のお兄さん、普段なら絶対に巻き込まれなさそう。エッグいほど強い守護霊が憑《つ》いてるもんね。超絶眩《まぶ》しい、太陽みたいなヤツ」

アロイスの言葉に、シャルが「うんうん」と同意する。

守護霊――それは特定の人に憑き、その人物を保護しようとする、霊的存在のことを言う。

時に先祖の霊であったり、ペットの霊であったり、ごく稀《まれ》に神や妖と呼ばれる類が憑いていたりと、人によって千差万別のそれ。エルンストの場合はその守護霊が、それはもう規格外に強いのだ。

半端なモノなら、近付くだけで消し飛んでしまうような、ハチャメチャに強い守護霊。その性質は、神と呼ばれるモノに近いのだろう。

確かに本来なら、こんな怪現象に巻き込まれることもなかったのだろうが――ニコラは深いため息とともに脱力する。

「多数決というか、道連れというか、何というか……」

存在を認知してくれる人間に対して、人ならざるモノは干渉したがる。知れば知るほど、彼らとの距離は近くなってしまうのだ。

昔から人外に魅入られやすいジークハルトや、ある一件以降、その目に人外を映すようになってしまったアロイス。

そして何より、人外の存在について熟知している、元祓《はら》い屋が二人。

蓋を開けてみれば、何も起きない筈がなかったのである。ニコラはげんなりと肩を落とした。

そんなニコラの憂鬱な気分に呼応するように、機関車は減速を続けていく。やがて一行を乗せた機関車は、耳障りな金属音を響かせながら、完全に動きを止めた。

5

機関車が停まったのは、最後尾の車両がトンネルを抜け切った直後のことだった。

トンネルは、小さな山をくり抜く形で敷設《ふせつ》されていたらしい。車外に降り立てば、そこは裾野なのか、辺りは鬱蒼《うっそう》とした木立だった。

先程まで晴れていた筈の空は見る影も無く曇り、どんよりとした暗雲が垂れ込めている。まるで水の底にいるような感覚さえ覚えるほどに、空気が重たく澱《よど》んでいた。

振り返れば、単線の線路が一本、ぽっかりと空いた暗闇の中に続いている。

「うわぁ、真っ黒な靄《もや》で溢れてるんだけど……」

アロイスの言う通り、トンネルの中を見通すことは叶《かな》わなかった。ガス灯が等間隔に設置されていたにもかかわらず、内部の灯りは大量の黒い靄に呑《の》まれ、外まで届いていないのだ。時折揺らめく靄は、人影が大量に犇《ひし》めいているようにも見える。

風に乗って聞こえてくるのは怨嗟《えんさ》の声か、はたまた空耳か。トンネルの奥から吹き付ける風は、妙に生温《なまぬる》く湿っていた。

「アレ、視《み》えますか」

トンネルの中の靄を指差し、ニコラは幼馴染を見上げる。

「……あの黒い靄のことを言っているのなら、しっかりと視えているかな」

「………ですよねぇ」

ジークハルトは幼い頃から、あまりにも多くのモノを引き寄せた。それ故に、必要に迫られる形で、後天的に人外を知覚するようになった人間だった。一方で、その由来が由来であるからこそ、自分に無害なモノまではっきりと視える必要はなく。実際、自分に無害な存在であれば、ジークハルトは朧《おぼろ》げにしか認識出来ないのだ――つまり、逆に言えば。

ジークハルトの目にもはっきりくっきりと映っているのなら、あの靄たちはこちらを害す気概に満ちているということになる。

〝いきはよいよい、帰りは怖い〟電車に乗ったまますするりと入れてしまっても、元来た道を帰るなら邪魔をするというわけか。何にせよ、下準備は必要らしい。

ニコラは祓い屋の仕事道具をありったけ詰め込んだバッグに手を突っ込むと、ごそごそと中を漁《あさ》った。そうして、探すことしばらく。取り出したのは、ニコラお手製の匂い袋だった。

ニコラは匂い袋の口を解いて、その中身をジークハルトの全身に振りかける。途端にふわりと香る、藤と白檀《びゃくだん》。中身はいずれも、魔除けの効能を持つ花と香木だ。

「お、それ藤の匂い袋?　余りがあったらオレにも一個ちょーだい」

いつの間にやら近くに寄って来ていたシャルが、鼻をすんすんと動かしながらそんなことを言う。

だが、ニコラは胡乱《うろん》げに眉をひそめた。

「あんたは別にいらないでしょ」

「ん？　あーオレ用じゃないよ。ねーちゃんが敏感な方でさ、障《さわ》りとか当てられやすいから」

ニコラのジト目を受けて、シャルは肩を竦める。その視線の先を辿れば、ちょうどエマが線路の枕木に足を引っ掛け、盛大にすっ転ぶところだった。

「あぁもう……ほら、ちゃんと足元を見なよ」

アロイスが手を差し伸べながら、呆れたようにため息を吐く。しかし、そんなアロイスの苦言もどこ吹く風。エマはずれた眼鏡を押し上げながら、トンネルを指差して言う。

「だって、すっごい大量の気配ですよ。気になるじゃないですかぁ」

その言葉に、ニコラは小さく目を瞬いた。隣でジークハルトの息を飲む気配がする。

「もしかして、彼女も視えて……？」

ジークハルトの呟きに、シャルは曖昧に笑って肯定した。

「ねーちゃんさ、ちょっと事情があって、後天的にめちゃくちゃ目が悪くなったの。あの分厚い瓶底メガネでも、あんまり見えちゃいないんだよね。んで、その代わりに、他の感覚が鋭くなっててさ」

確かに、第六感は、著しく劣った能力を補うために発達すると言う説もある。そう言うことであればと、ニコラは予備の匂い袋をシャルに手渡した。

「ねぇ僕のは？　僕には匂い袋ないの⁉」

エマが匂い袋の中身を振りかけられている傍で、アロイスが犬のように纏《まと》わりついてくる。だが、ニコラはにべもなくそれを突っぱねた。

「殿下はさっき桃を食べたでしょう。スターゲイジー・パイの。あれで十分です」

「えぇ、そんなぁ……」

アロイスは情けない声を上げるが、実際、桃は邪気や厄を祓う果物だ。どれだけ不味《まず》く加工されていようと、食したのだから問題はなかろう。

エルンストはといえば、自分にだけ見えないモノを見ようとしてか、トンネルの中を矯《た》めつ眇《すが》めつ覗き込んでは「なるほど、何も見えんッ……!」と悔しそうに叫んでいる。

その背後に燦然《さんぜん》と輝く眩しい発光体に、彼のための対策は不要だろうと肩を竦めた。

◇

トンネルの中は相変わらず、真っ黒な靄が犇めき合い、夥《おびただ》しい気配で満ちている。隧道《ずいどう》の入り口に立てば、それらがザッと一斉にこちらを向いたような気配がして、ニコラは「うへぇ」と顔を歪めた。

「うわ、スマホ向けたら顔認証がめちゃくちゃ反応しそう」

「……………やめなさい」

軽口を叩くかつての弟弟子を横目に睨めば、シャルはひょいと肩を竦めた。

シャルは口の端を上げて袖を捲《まく》ると、ぱしっと片手の拳を片手の掌《てのひら》に打ち付ける。

「んじゃまぁ、大規模祓除《ばつじょ》、いっちょやってやりますかー」

だが、ニコラは水を差すように、首をぶんぶんと横に振る。

「ううん、やらない。何にもやらない」

「は?」

ぽかんと口を開けて唖然《あぜん》とするシャルを余所《よそ》に、ニコラはおもむろにエルンストの背後に回り込む。それから「えい」と一息に、エルンストの背中を押しやった。

突然の不意打ちに、エルンストは前のめりにつんのめり、そのまま隧道の中——つまり夥しい黒靄の中に転がり込んでしまう。エルンストの身体は、あっという間に無数の人影の海に呑まれ、黒い靄の中に沈むかに見えた。

だが、靄や人影がエルンストに触れようとしたその瞬間。消し飛んだのは、群がった彼らの方だった。まるで、エルンストが纏《まと》う光に灼《や》かれるように、それらはジュッ……と、蒸発するように消えていくのだ。

「「「うわぁ………」」」

その光景が視えている面々は一様に、あんぐりと口を開ける。シャルが機嫌よく口笛を吹いて「うわ強制成仏……ははっ、まじですっげぇ……」と感嘆を漏らした。

「おいウェーバー嬢、何をする!?」

エルンストがくわっと目を見開いて、不機嫌そうにニコラを振り仰ぐ。

その背後では、宿り主の不満に呼応してか、守護霊がペッカーーーーーッ！と光量を増していて、その結果、さらに広範囲が蒸発していく。相も変わらず無茶苦茶な守護霊だった。

だが見たところ、エルンストには体調不良の兆《きざ》しは全く無さそうだ。ニコラは「よし、この作戦続行」としたり顔で頷くと、びしっとトンネルの奥を指差した。

「一つ目のガス灯があるところまで、ひとっ走りお願いします。ほら、さぁさぁ、Ｇｏ！」

「あ、おい、お前！」

ニコラは犬を嗾《けしか》ける気分で、ぐいぐいとその背中を押す。エルンストは不満げに眉を寄せてはいたものの、やがては渋々と駆け出した。そうすれば、真っ黒な無数の人影で埋め尽くされていたトンネルの視界は、ザァッと瞬く間に開けていく。

ようやく少し先までは見通せるようになった隧道に一歩足を踏み入れて、ニコラは一行を振り向いた。

「さぁ、出口まで歩いて帰りましょうか」

ニコラはつい癖で、幼馴染に手を差し伸べかける。ジークハルトは小さく目を瞬かせたが、すぐに嬉しげに顔を綻ばせて、引っ込めかけたその手を握った。

エルンストを使った脳筋殺法は、思いの外うまくいった。

真っ黒な無数の人影は行く手を阻むように群がるも、エルンストはその悉《ことごと》くを無自覚に蹴散らすのだ。それはもう、人影も煤《すす》けた靄も容赦なく、弾《はじ》き飛ばしまくるし消し飛ばしまくる。

踏み潰され、断末魔の叫びを上げてジュッと消し飛んだ人影に、アロイスが引き攣《つ》った声を上げた。

「ねぇ、あれ大丈夫なの？　馬車の御者《ぎょしゃ》だって、人を轢《ひ》いちゃうと罪に問われるんだけど、エルン、捕まったりしないかな……」

アロイスは青ざめた顔で、前方を駆けるエルンストの背中を見つめる。

「でも、『幽霊を轢いて消滅させました』なんて立証のしようがないから、大丈夫なんじゃないかな……多分」

ジークハルトはそう言って、自信なさげな笑みを浮かべた。だが、言った側から弾き飛ばされて消し飛んでいく人影を目の当たりにして、比類なき美貌を引き攣らせる。

エマはといえば「視えない触れない感じないって、ある意味幸せなんですねー」と呟いて、呑気《のんき》に笑っていた。

そんな何とも締まらない空気感を横目に、ニコラは内心「随分な数の人間が死んでいるな」と眉根を寄せていた。

隧道は煉瓦《れんが》造りで、所々に設置されたガス灯も相まってか近代的な雰囲気を醸している。数十年単位の経年劣化こそあれ、内部は綺麗《きれい》なもので、未だ綻びもなく堅牢《けんろう》そうに見えた。だが、この堅固なトンネルを築くために、恐らく亡くなった人間が数多くいたのだろう。

ニコラは日本の関西にある、某山の某トンネルを思い出す。

今や立派な心霊スポットとなっているその場所は、かつて建設途中の落盤事故で、百五十人余りが生き埋めになったことが不吉の始まりだった。

落盤事故が起こったのは、大正時代の初めの頃。つまり二十世紀初頭の文明レベルでも、そのような事故が起こり得たのだ。この十八、十九世紀頃の世界観では、なおさらあり得そうな話だった。

等間隔に設置されたガス灯の中間地点は、必然的に闇が濃くなる。

そんな暗がりの中、ぼんやりと浮かび上がる燐光《りんこう》があった。ジークハルトの指に嵌《は》まるそれは、闇が深くなるにつれ、行手を照らすように煌々《こうこう》と輝きを増す。

「それ……この前のアメジストですか」

「あぁ、そうだよ。シグネットリングにしたんだ」

「へぇ……」

ニコラはジークハルトの右手に嵌まったそれに視線を落とす。シンプルなデザインながら、よく見ると凝った細工が施されていて、刻まれた刻印は侯爵家の紋章だろうか。さりげない意匠だからこそ、それは素人目にも洗練されたデザインに見えた。

失くしても勝手に戻って来る不気味さにさえ目を瞑れば、まぁ良い品ではあるだろう。

「何かしらのモノが宿っているのなら、二つに割るような加工は可哀想だと思ってね。カフスボタンのような、対《つい》にしないといけないような装飾品は止めたんだ」

紫水晶はその言葉に、歓喜するように燐光を強める。

ニコラは半眼で「そういうところだぞ」と呟いた。その様子に、ジークハルトは困ったように微笑むだけだ。

そんなふうに他愛もない会話を続けながら歩いていれば、やがて前方から、エルンストがこちらを振り返って声を張り上げる。「もうすぐ出口です！」というその声に、後方の五人は無言で顔を見合わせて、ぱちりと目を瞬いた。

何せ、エルンストよりさらに前方は未だ黒い靄と人影で塞がっていて、こちらの目にはまだ出口など見えないのだ。だが、彼の目にはそう映っているというのなら、それが正しいのだろう。

エルンストがラストスパートとでもいうように、さらに走るスピードを上げた。そうすれば、靄は次第に薄れ、少しずつ向こう側の光が透けて見えてくる。

それは、アロイスがほっと安堵《あんど》の息をついた時のことだった。

エマが言いにくそうに、おずおずと手を上げる。

「あのぉ……気のせいじゃなければ、後ろから、大量の視線を感じるような……？」

ジークハルトもまた、「私も言っていいかな……」と恐る恐る口にする。

「最初は反響のせいかと思っていたけれど、その、足音が少し多すぎる気がして、いて……」

シャルは頭の後ろで手を組んで、けらけらと笑って言った。

「あ、みんなやっと気付いた？　後ろからエグい御一行サマが付いて来てんの」

振り返ったジークハルトとアロイスが絶叫を上げたのは、言うまでもない。

6

暴れるように早鐘を打つ胸を押さえつける。

そうでもしなければ、まともに息ができなかった。


ジークハルトが振り返った先にいたのは、紛《まご》う事なき異形《いぎょう》だった。

ずんぐりとした不恰好《ぶかっこう》な人影。大きさは三メートルを超えるだろうか。シルエット自体は人とは程遠いのに、ジークハルトの頭は何故かそれを〝人〟影だと認識していた。

そう、目の前のそれは確かに肉塊で、そして元は人間なのだろう。眼球がある。口がある、耳も、鼻も、腕も足も指もある。だがそれらは正しい数ではなく、一つとして正しい位置にはないのだ。

人のパーツを無理やり継《つ》ぎ接《は》ぎした化け物――それがジークハルトの抱いた感想だった。

てんでばらばらに動く眼球のいくつかが、肉の隙間でぎょろぎょろと動き、ジークハルトたちに向けられる。だがその虹彩《こうさい》の色は、どれもこれも、一つとして同じ色ではなかった。

同時に、無秩序に生える腕や足の肌の色が一致しないことに気付いた瞬間に、漠然と「あぁ、全部他人のものを継ぎ接ぎしているんだ」と理解して、ジークハルトは胃の浮くような吐き気を覚えた。

呼吸は不規則で、指先は痙攣《けいれん》するように震える。だが、それでも。

ジークハルトは怪異に遭遇した時、必ず行うことがある。それは、ニコラの表情を正確に読み取ることだった。ニコラの表情に余裕があれば、問題はない。ジークハルトの取るべき行動は『ニコラの邪魔をしないこと』のただ一択だ。

だが、もしもその表情に、僅かでも焦燥があるならば。いざという瞬間に庇《かば》うことが出来るように、ニコラの手を引いて逃げられるように、彼女の隣に立つのが常だった。

ジークハルトの視線より幾分と低い位置で、夜を思わせる黒髪がさらりと揺れる。

藍色の瞳は真《ま》っ直《す》ぐに異形を見据えるが、その瞳には、動揺も、怯《おび》えもない。ただ静かに凪《な》いでいるだけだ。それを見届けたジークハルトは、末端から体の強張りを解いていく。

――あぁ、きっと大丈夫。

その静謐な瞳に、凛《りん》と立つ姿に、ジークハルトは何度でも見惚《みほ》れてしまうのだ。

ジークハルトは静かにアロイスとエマの手を引いて、小さくも頼もしい背中の後ろに下がった。

◇

ニコラは腰に手を当て、異形を見上げる。

肉塊は不揃《ふぞろ》いな手足で、よたよたともたつきながら、こちらに向かって来ていた。

だが、船頭《せんどう》多くして何とやら。腕や足はそれぞれが意思を持っているようにバタついて統率が取れておらず、どうにも動きが鈍い。

ニコラは憐《あわ》れみを込めて、静かにそれを見つめた。

どうやら、エルンストの蹂躙《じゅうりん》を逃れた残党たちが寄せ集まって、集合してしまったらしい。

流石にもう一度「ゆけっ、とつげき！」とエルンストを嗾けるのは憚《はばか》られて、ニコラは小さく嘆息する。だが、エルンストのおかげで随分と楽が出来たのは間違いない。

仕方なく、ニコラは鞄《かばん》の中からマッチを取り出すと、鞄を丸ごとシャルに放って渡した。

「ちゃんと茶毘《だび》に付してあげよう。だいたい必要なものは、その中に入ってるだろうから、そっちは任せた」

「はいはい」

シャルは心得たとばかりに鞄をキャッチする。多くを語らずとも意図が伝わるのは腐れ縁の賜物《たまもの》で、話が早くて楽だった。

鞄の中身を覗き込んだシャルは「わぉ、仕事道具、フル装備じゃん……」と目を丸くする。ニコラはそれに「……憂いがあるから備えたんだよ」と渋面で返した。ジークハルトとの旅行で、何事もなかったことなど一度もないのだから仕方がない。

「器《うつわ》は――っと。ちょうどいいや。ねーちゃん、ちょっとそのバスケット借りるわ」

そう言って、シャルはスターゲイジー・パイの入っていた籐《とう》のバスケットを手に取ると、すたすたとエルンストのいる出口の方へ歩き出した。それから出口の手前にしゃがみ込むと、鞄から取り出したチョークで陣形を描き始める。

ニコラはそれを横目で見ながら、くるりとジークハルト、エマ、アロイスの三人と向き合った。ジークハルトや、異形のグロテスクな細部まで見えていないらしいエマは案外平気そうだ。

だが、アロイスだけはこの世の終わりのような表情を浮かべて、腰を抜かしているらしい。

それに小さく嘆息して、ニコラは口を開いた。

「……そんなに怯えないであげてください」

ニコラはちらりと、異形を振り返った。肉塊は相変わらずよたついた動きでこちらに向かって来ているが、やはりその動きは鈍い。ニコラは憐れむように目を細めた。

「殿下には以前、〝よく分からないモノは、分からないままにしておいた方が良い〟と教えたことがありますよね。名は最も短い呪《しゅ》。曖昧なモノに名前を付けたり、存在を定義してしまうと、それは明確に形を持ってしまうから──と」

でも、今回は例外です。そう言って、ニコラはアロイスと視線を合わせた。

「彼らはただ、『ここで亡くなった人たち』です。『化け物』なんかじゃありません」

ニコラはゆっくりと、言葉を選んでいく。

幽霊の姿が朧げなのは、忘れてしまうからだ。自らの姿も見ることも出来ず、名前を呼ばれることも叶わない彼らは、やがて自分の顔も、名前も次第に忘れてしまうのだ。

「殿下は、十年、二十年、鏡を見ずに、自分の顔を覚えていられますか？　目はどんな形だった？　鼻や口は、髪の色や長さは？　私には、きっと無理です。自己を定義できなくなる」

ニコラはそう言って、困ったように微笑んだ。

「彼らも同じなんですよ。自分とそれ以外を区別する境界が、いつの間にか曖昧になってしまって、混ざっちゃっただけ。ほら、可哀想な存在でしょう。怖くはありません」

アロイスははっと目を見開いて、それから恐る恐る異形を見遣る。その顔色が幾分かマシになったことを見届けて、ニコラは表情を緩めた。

「こっちは準備オッケー、いつでもどーぞ」

シャルが籐のバスケットを陣の中心に置いて、声を上げる。それを受けて、ニコラは小さく頷いた。

それから、ジークハルトたちを促して、トンネルの端に寄る。

そうすれば、異形は緩慢な動きにもかかわらず、急に止まることが出来ずに踏鞴《たたら》を踏んだ。

ニコラたちを通り過ぎた肉塊は、やがて前後を挟まれたことに気が付くと、どちらを先に狙うべきかを迷うように忙しなく眼球を動かした。

だが、やはり無作為に生える手や足には統率などまるでなく。結果、それぞれが思う方向に進もうとして、無様に立ち往生をする羽目になった。

ニコラは目を伏せ、親指の腹を噛む。それから、プツッと滲《にじ》む血の玉をマッチの側面に擦り付けて、火を付けた。すぅと息を吸い込めば、リンの香りが鼻腔《びこう》を擽《くすぐ》る。

――其《そ》は理《ことわり》の裡《うち》にあらず　燻《ふす》べよ、焚《く》べよ　其は悪《あ》しきもの
ほぅと息を吹きかければ、焔《ほむら》は瞬く間に異形へと絡みつく。肉塊は悲鳴を上げながら身を捩《よじ》るが、その動きに合わせて火の粉が舞い上がるだけだった。

肉塊は藻掻《もが》くように、手足をばたつかせる。その巨体が転がる先にあるのは、シャルが描いた陣と、籐のバスケットだ。

――これを迎えよ　迎えてとじよ　天蓋とざして　封《ほう》ぜられかし
シャルが口遊《くちずさ》むように、言霊を引き継いで紡いだ。

燃え盛る異形は断末魔の叫びを上げながら、忽《たちま》ちにバスケットへと吸い込まれる。やがて、ぱたりと蓋が閉まった。

後には何も残らない。水を打ったような静寂だけが、辺りを支配した。

ニコラは静かにトンネルを振り返る。だが、靄も人影も、寄せ集めの異形の姿も、もう何処にも見当たらない。

「ほーら、みんな呆《ほう》けてないでさ、さっさと現世に帰りましょ」

そう言って、シャルはバスケットを抱え上げると、トンネルの出口に向かって歩き出す。その後を追うようにニコラも足を踏み出せば、ジークハルトたちもまた、慌てたように足を動かし始めた。

◇

ガタンゴトンと一定のリズムで響く車輪の音に、ふっと意識が浮上する。

ゆっくりと頭をもたげれば、どうやらニコラは隣のジークハルトの肩に頭を預けて眠っていたらしい。まだ覚醒しきらない頭でコンパートメント内を見渡せば、全員がたった今目を覚ましたように身動《みじろ》ぎ、ぼんやりと目を瞬かせていた。

窓の外を見遣れば、ぽっかりと口を開けたトンネルが、みるみる間に後方へ遠ざかって行く。空は抜けるように高く、太陽は未だ高い所にあった。恐らく一行が眠っていたのは、トンネルの通過

中という、ごくごく短い時間だったのだろう。

「どうやら、私だけが見た夢……という訳ではなさそうだね」

自身の体から薫る藤と白檀《びゃくだん》の香りに、ジークハルトは眉を下げて苦笑する。他の面々も各々、トンネル内での出来事を思い出しているのか、困惑気味に顔を見合わせた。

「……なんだか白昼夢を見たみたいだ」

アロイスがそう呟くのを聞きながら、ニコラは小さく欠伸《あくび》をする。何だかどっと気疲れした上に、寝起き特有の気怠さが相まって、どうにも瞼《まぶた》が重かった。

ジークハルトはそんなニコラの髪を指先で掬《すく》うと、労《いたわ》るように優しく撫でる。それを振り払う気力も起きなくて、ニコラは早々に意識を手放した。

ニコラのちょこっとオカルト講座⑥

【異界】

現世ではない、別次元の隠世（かくりよ）、それが異界です。

異界はしばしば、空間として捉えられます。そして空間である以上、無限に続く異界というものは、この世に存在しません。つまり、必ず果てがあるのです。

では、空間を空間たらしめるものは何か。それは、『境界』

異界の観念は、境界の観念と密接な関係があります。特に、橋やトンネルは〝別々の場所を繋ぐもの〟

その他、坂や峠、辻や川辺なども、現世と異界を隔てる境界です。

〝渡る〟や〝くぐる〟といった動作は、そういった境界を踏み越える、ある種の儀式なんですよね。

ゆめゆめ、興味本位で不用意に踏み越えたりしないように。

三章――籠の鳥はもういない

1

「はぁ⁉　蠱毒《こどく》で呪い返したぁ⁉　いやお前、よく生きてんね……」

「……本当にね」

喪服代わりに持参した制服の裾を、風が攫《さら》っていく。オリヴィアの墓は、リューネブルク侯爵家の持つ広大な敷地内、小高い丘の上にあった。

白亜の墓石には、彼女の名と没年が刻まれている。ニコラは膝を折り、手に持っていた白百合をそっと置いた。それから両手を合わせて、静かに目を瞑《つむ》る。

幸いなことに、隣にはシャルしかいない。この場に眠るオリヴィアもまた、かつては日本人だった女《ひと》だ。弔い方は日本式の方が相応しいだろう。

黙禱《もくとう》は長くはなかった。立ち上がって丘陵を見渡せば、ふもとで待つジークハルトたちの姿が目に入る。積もる話もあるだろうと、先に丘を下りてくれたのだ。気を遣ってくれたことに感謝しながら、ニコラはそっと目を伏せた。

「……相討ち覚悟だったんだよ。助かるつもりはなかったんだ。でも、あの人たちが手を尽くしてくれたから。私は今、生きてる」

一緒に背負ってくれるんだって、あの人たち。独り言のようにそう呟《つぶや》いて、ニコラは困ったように笑った。

もしも、「お前のせいじゃない」「お前が悪いわけじゃない」と、そんなふうに言われていたならば。ニコラはきっと、自責の念に押し潰されていただろう。

彼らの言葉が「気にするな」などという、優しい慰めであったなら。きっと、自分だけが生き残ってしまった罪悪感で、息が出来なかった。

だって、自分を責める気持ちを消せるわけがないのだ。

喪《うしな》われた命が、戻って来ない限りは。

「……本当にさ。物好きな人たちで、参るよ」

決して消えないこの感情を、彼らは否定しないばかりか、一緒に背負ってくれると言う。その優しさが嬉《うれ》しくもあり、申し訳なくもあり。それでも救われている自分がいるのだから、始末が悪い。

信じられないくらいに人外ホイホイだったり、自ら厄介事に首を突っ込んだり、頭の固い堅物だったり——それでいて、本当に人生一周目かと疑いたくなるくらい、彼らは人間が出来ているのだ。

彼らは時々、こちらが悔しくなってしまうくらいに、大人びていて、聡《さと》い。

ニコラは最後にもう一度、オリヴィアの墓碑銘を指でなぞる。

「だからさ、彼女のことは、四人で一生背負って行くんだ、——なんて、綺麗《きれい》事かな」

そう言って自嘲気味に笑えば、シャルは軽く肩を竦《すく》めてみせた。それから、悪戯《いたずら》っぽく口角を上げる。

「いんじゃね？　だって、綺麗事は、綺麗だろ」

「……………そっか」

なら、良いや。小さな呟きは、落ち葉と共に風に攫われていく。

ニコラは墓石を見つめたまま、しばらく無言で佇《たたず》んでいた。その隣で、シャルもニコラに付き合うように口を閉ざす。時折、風に吹かれて木の葉が擦れ合う音がするくらいで、辺りは静かなものだった。

やがて、シャルはふっと小さく息を吐く。それから、何気ない調子で口を開いた。

「アー……それにしても、乙女ゲームが舞台の世界、ねぇ？　オレ普通にさ〝限りなく西洋に近い異世界〟なんだろーな、くらいにしか思ってなかったんだよね」

淡々としたその呟きに、ニコラは「分かるよ」と小さく相槌《あいづち》を打った。その感覚は、ニコラにも覚えがあるものだったからだ。

この世界に生まれ落ちて、ニコラが最初に感じた違和感は、せいぜいが「知らない国名ばかりだな」だとか、「十八、十九世紀ぐらいの文明レベルの割に、下水道が整っているな」程度のものだった。

だが、それ以外の文化や風土、マナーはまるっきり西洋のものであったし、日本人独特の感性や仕草は、この世界ではかなり浮いた。

だからこそ最初はニコラも同様に〝限りなく西洋に近い異世界〟なのだろうと考えていたのだ。

しかしそんな違和感は、王立学院について知れば知るほどに数を増していった。

時代にそぐわない制服のデザインや、男女共学の教育機関。生徒会の存在といった、どこか日本を彷彿《ほうふつ》とさせるシステム。日本のフィクション、乙女ゲームが舞台なのだと知って腑《ふ》に落ちたのは、そういった要素のせいだった。

「これは、ただの憶測でしかないけど…………」

乙女ゲームの〝世界〟へ転生することを願った彼女の墓を見下ろして、ニコラは独り言のように呟いた。シャルは黙したまま、先を促すように視線だけをこちらに寄越す。

何となく、ふとした折に考えていた、漠然とした憶測。言葉にして誰かに伝えるのは初めてのことで、ニコラは言葉を探すように、ゆっくりと口を開いた。

「……多分、乙女ゲームの情報だけだと、〝世界〟を構成するには、要素が圧倒的に足りなかったんだと思う――だから、ゲームの設定に近い年代の、実際の西洋世界と混ぜた……」

恐らく、主人公《プレイヤー》のいち主観を通した行動範囲の情報だけでは、世界を構築することは出来なかったのだ。ある一定範囲から途切れて先が続かないような場所は、単なる異空間。そんなものは、世界とは到底呼べないものだ。

だが、悪魔はオリヴィアに〝世界〟を願われてしまった。願われ、対価を得てしまった以上、足りないピースを別のもので補ってでも、世界を構築する必要があったのだろう。

だからこそ、適当な時代の西洋世界に、ゲームの設定を嵌《は》め込んで、辻褄《つじつま》が合うように世界の細部を弄《いじ》ったのではないか。ニコラは漠然と、そんなふうに考えていた。

「まぁ、確かめる術なんて、ないけどね」

苦笑して、ニコラは小さくため息を吐く。だが、改めて言葉にしたことで、思考の整理がついたような気がした。

結局のところ、今生きているこの世界は、ニコラにとっては紛れもなく現実なのだ。

ゲームの登場人物であろうとなかろうと、心臓が止まれば人は死ぬし、死んだ人間は生き返らない。未練があれば、幽霊になることもあるだろう。普遍的なことは、日本でも西洋でも、一部ゲームの設定が交じろうとも、きっと何も変わらない。

「んじゃ、自分の中で腑に落ちたから、オレもその解釈でいーや」

どうやら、シャルはあっさり思考を放棄したらしい。相変わらずの楽観主義っぷりと切り替えの早さには呆《あき》れつつ、ニコラはふと浮かんだ疑問を口にした。

「ていうか、私はオリヴィアに殺されて贄《にえ》にされたけど、そもそもあんたは何でこんなことになってんの……？」

何気なく訊《き》いたつもりだったが、シャルは一瞬きょとんとした表情を浮かべた後、へらりと眉尻を下げて笑った。それから、バツが悪そうな顔で頰を搔《か》く。

「え、オレ？　あー、それ聞いちゃう感じね……」

「うん。だって普通に気になるでしょ」

「あー、まぁ……うん。いや実はさ、オレもお前のあとに、同じように殺されたんだよね」

「……はい？」

予想外の答えに目を剝けば、弟弟子は苦笑いしながら続けた。

「そ。お前のスマホのメッセージで『依頼報酬は折半にするから、手伝いに来てくれ』って呼び出されてさ。んで、行ってみたら、既にお前死んでんじゃん？　流石《さすが》にビックリしてるうちに、後ろからこう、グサッと」

「それは何というか……うん、ごめん」

だが、思い返してみても、そんなメッセージを送った記憶はなかった。恐らく六花の死後、指紋認証か何かでスマホを開けて、オリヴィアが勝手に送ったのだろう。

「やー、お前に怒るのはお門違いだって分かってるし、別に謝んなくていーよ。後から思えばお前のメッセージ、絵文字だらけだったし。怪しむべきだったよなーっと今なら思うわ。だってお前がオレら相手に、顔文字とか絵文字を使うわけないもんな」

「……いや、それはそう。そんなメッセージだったんなら怪もうよ」

「だよなー」

けらけらと笑うシャルに釣られて、ニコラもまた小さく笑みを零《こぼ》す。

やがてシャルは笑みを収めると、少しだけ真面目な表情を浮かべて口を開いた。

「なんつーかさ。この人も、可哀想っちゃ可哀想だけど、自業自得だしね」

オリヴィアの墓を見下ろしながら、シャルは淡々とした口調で言う。その声色に抑揚はなく、怒りのような激情は一切含まれていない。

「……そりゃあ、悪魔と契約するなんつー暴挙に、勝手に巻き込まれたのは腹が立つんだけどさ。

悪魔に踊らされた結果、命まで落としてんのなら、報《むく》いとしては十分だし。オレからはもう、これ以上言うことナシって感じ」

シャルはそう言って、軽く肩を竦めてみせる。「お前は？」と視線で問われて、ニコラは小さく苦笑した。それに答える代わりに、静かに瞼《まぶた》を閉じる。

オリヴィアは〝世界〟を望み、悪魔はそれを実現させた。

だが、彼女が望んだ、ゲームの主人公の座は。攻略したかったキャラクターの幼馴染《おさななじみ》という、格好のポジションは。皮肉にも、生まれ落ちた瞬間から彼女のものではなかったのだ。

徹頭徹尾、悪魔の掌《てのひら》の上で踊らされ、結果として命まで失った彼女は、確かに十分な代償を支払ったといえる。その末路に同情こそすれ、恨みを抱くことは、もはやない。

「それにしても、オレが乙女ゲームの主人公ポジション、ねぇ。ほーんと、いちいちやることがエゲツないね、悪魔ってのはさ」

頭の後ろで手を組んだシャルは「あーぁ、ギャルゲーの主人公だったら文句ないのになー」と軽口を叩《たた》いてぼやく。ニコラは嘆息して、呆れたように弟弟子を見た。

「そういうマインドだから、嫌がらせされるんでしょ」

人の嫌がる様を見ることこそが、至高の愉悦。それが、悪魔という種の性質なのだ。その行動原理を思えば、ある意味納得の配役だったともいえる。

ニコラの言葉に、シャルは苦笑を漏らして肩を竦めた。

「ま、いーや何でも。人並みの家族とか、マトモな学生生活とか、さ。二度目の人生、これはこれで、そんなに悪かないと思ってるし、結構楽しいよ。——お前もそうだろ？」

不意に向けられた問い掛けに、ニコラはきょとりと目を瞬かせた。

振り仰げば、なだらかな丘のふもと、ニコラたちを待つ彼らの姿が目に入る。ニコラが生きることを願ってくれた彼らの姿に、一瞬の間を置いて、ふっと口元を緩める。

「……うん、まぁね」

「だよなー」

シャルはそう言って、屈託なく笑った。

おもむろに差し出された右手を、ニコラもまた笑って握り返す。握り返された掌は柔らかくて、昔とはまるで違う感触なのに、それでもどこか懐かしい。

「じゃあ、改めてよろしく、シャル」

「ん。こっちこそよろしく、ニコラ」

二人揃《そろ》って踵《きびす》を返し、ゆっくりと歩きだす。

見上げれば、黄昏《たそがれ》に染まる空には、薄らと星が瞬き始めていた。夕暮れの秋風が冷たく頬を撫《な》でる。

橙色《だいだいいろ》と群青が混じり合う不思議な色合いの中、二人は足早に丘を下った。

2

オリヴィアの生家、リューネブルク侯爵邸にて。

豪奢《ごうしゃ》な玄関ホールに通された一行を出迎えたのは、当主であるオリヴィアの父親だった。

「これはこれは。娘の墓に参るために遠路はるばる足を運んでくれるような、下級生のお嬢さんがいようとは。何とも嬉しいことだ」

現状いち子爵令嬢にすぎないニコラに対しても、リューネブルク侯は礼節をもって接した。柔和な笑みを浮かべて握手を求めるリューネブルク侯爵に、ニコラは恐縮しつつ応じる。

リューネブルク侯は、壮年ながら、若々しく整った容姿だった。

彫りの深い顔立ちや切れ長の目は凛々《りり》しいが、穏やかな笑みを絶やさない表情からは、理知的な印象を受ける。若い頃はさぞかし美男子だったであろうことが想像できた。

旧知であるらしいアロイスとジークハルトに親しげに声をかける様子からも、気さくな性格であることが窺《うかが》える。

そんなリューネブルク侯本人に案内され、ニコラたちは広々とした応接間に通された。

勧められるがまま、ニコラはいくつかあるソファーの一つに座る。隣にはシャルが、テーブルを挟んだ向かいにはジークハルトが、そして少し離れた場所にある一人がけのソファーにはアロイスが、それぞれ腰を落ち着けた。

「殿下は昔から、そのソファーがお好きでしたな」

「そうだね。柄が好きだったんだ」

懐かしげに目を細めるリューネブルク侯爵に、アロイスは微笑んで応じる。オリヴィアが婚約者だったこともあり、侯爵とは幼少の頃から親交があったらしい。

侍女であるエマと護衛騎士であるエルンストは着席せずに、それぞれ壁際に控えた。

リューネブルク侯は広い応接間を見渡して、眦《まなじり》を下げて言う。

「たいしたもてなしが出来ず、申し訳ありませんが。ささやかな晩餐《ばんさん》と、部屋を用意しております。どうぞ、ごゆるりとお寛ぎください」

高位貴族らしく礼を尽くした挨拶に、ニコラやシャルは慌てて立ち上がって頭を下げる。アロイスとジークハルトは慣れたもので、優雅に腰を上げて礼を言った。

◇

ささやかな、というには豪勢すぎる晩餐を終えた後。

再び応接間に戻って来た一同は、自然と先程と同じソファーや立ち位置に収まった。

娘であるオリヴィアの、学院での生活ぶりを聞きたがったリューネブルク侯爵に対しては、主にアロイスとジークハルトが応じる形で、時折ニコラも相槌を打つ。

オリヴィアの話を聞くリューネブルク侯は、時に誇らしそうに、時に懐かしそうに表情を変えながら、耳を傾けていた。その様子は娘を愛しむ父親そのもので、彼がどれほど娘であるオリヴィアを大切に思っていたのか、推し量ることは容易だった。

「……娘は、昔から手のかからない子でしてね」

そう語りながら、リューネブルク侯は目を細める。

前世、恵まれていたとはいえない彼女にも、親に愛された記憶が確かにあったのだ。彼女の人生が不遇なばかりではなかったことに、ニコラはほんの少しだけ安堵《あんど》する。

「娘は小さな頃から聡明《そうめい》で、とても聞き分けの良い子だったのですよ。いつの間にか、教えていないことまで理解していたことなどもありまして。その利発さには、我が子のことながら、舌を巻くことが多かった」

静かに立ち上がったリューネブルク侯は、ゆっくりとした足取りで壁際まで歩み寄ると、壁に掛けられたオリヴィアの肖像画を見上げる。

「殿下と結ばれた暁には、きっと良き妃になれるだろう、と……。娘の花嫁姿を夢見ていたのですよ」

感慨深げに語る彼の声音には、隠しきれない悲しみの色があった。しかし、だからこそ、その先に続く言葉が容易に想像出来てしまって、ニコラの顔はひくりと引き攣《つ》る。

隣に座るシャルもまた「うわぁ、イヤな予感」と小さく零した。

だが、失意に沈む侯爵閣下の言葉を、いち令嬢が遮ることなど出来よう筈《はず》もなく。リューネブルク侯の口からは、結局、予想通りの言葉が紡がれてしまった。

「娘の晴れ姿を……殿下と娘の婚姻の様子を、絵に描かせては、いただけませんか?」

あぁ、やっぱりそうなるか、とニコラは思わず頭を抱えたくなった。リューネブルク侯が未だ肖像画を見上げていることを良いことに、シャルは堂々と額に手を当て、天井を見上げる。

「うわ、出たよ〝ムカサリ絵馬〟類型……。純度百パーセントの親心だからこそ、タチ悪いんだよなぁ……」

隣で小さく囁《ささや》く弟弟子に、ニコラもまた顔を歪《ゆが》め、小さく首肯した。

その願いは、子を想う親の願いとしては至極真っ当なものだろう。だが、それだけは駄目だ。その願いは、唯一犯してはならない禁忌に触れてしまっているのだから。

だが、リューネブルク侯爵からアロイスへの問い掛けに対して、無関係の外野が答えるわけにもいくまい。何とかアロイス本人の口から断ってもらいたいところだった。

ニコラはあの手この手で「ダメ」「NO」とジェスチャーを送ってみるも、残念ながら、本人は一向に気付かない。一人離れたソファーに座ったせいで、位置取りが非常に悪いのだ。

ニコラたちの対面に座るジークハルトが、見かねたのか、小さく苦笑して立ち上がる。

リューネブルク侯は、未だ壁の肖像画を見上げていた。それをちらりと確認したジークハルトは、さりげない挙動でアロイスに近寄ると「断って」と耳打ちする。

それから「失礼、お手洗いをお借りしても?」と侯爵に断りを入れて、応接間から出て行った。

何ともスマートな援護射撃に、隣でシャルが目を丸くする。

突然指示を耳打ちされたアロイスはというと、困惑気味にジークハルトを見送った後、窺うようにこちらを振り返る。だが、ニコラが小さく頷《うなず》いて見せれば、一瞬で戸惑いの表情を引っ込めた。

アロイスは改めて侯爵へと向き直ると、申し訳なさそうな表情を作って口を開く。

「えっと、そうだね……絵に描くのは、うん。許可してあげたいのは山々なのだけれど……。僕も公人としての立場があるから、難しいかな」

振り返ったリューネブルク侯爵は、ハッと我に返ったように目を瞬かせた。それから、気まずげに咳《せき》払いをして、居住まいを正す。

「いやはや、それは勿論《もちろん》、ごもっともですな。殿下のお立場を考えれば当然のことでしょう。出過ぎたことを申しました」

リューネブルク侯爵は、己の失言に恥じ入るかのように苦笑して、軽く頭を下げて謝罪した。だが、何とか穏便に断れそうな様子に、ニコラも小さく息をつく。

やがて、ジークハルトが戻って来る頃合いには、すっかりと場の空気は元通りだった。

それからしばらく談笑を続けたのち、アロイスが時計を確認して席を立つ。それに合わせてジークハルトも立ち上がった。どうやらここらでお開きということらしい。


リューネブルク侯に見送られ、一行は応接間を後にする。

勝手知ったる他人の家というように先導を始めたアロイスに、ジークハルトが続く形で歩き出した。ニコラとシャル、エマにエルンストもそれに続いたところで、不意にアロイスがぴたりと足を止める。

振り返ったアロイスはニコラに視線を合わせると、不思議そうに首を傾《かし》げた。

「そうだ、後学のために、どうして絵に描かせちゃいけなかったのか、聞いてもいい？」

好奇心が見え隠れするその言葉に、ニコラは小さく嘆息した。だがまぁ無知のまま首を突っ込まれるよりは、尋ねて来るだけマシかと肩を竦める。それから渋々と口火を切った。

「……とある地方に、未婚のまま亡くなった人間を供養するために、婚礼の絵姿を描く文化があるんですよ。冥婚、死者結婚の一種ですね」

〝ムカサリ絵馬〟それは、日本の東北地方に残る習俗だった。

ニコラが話し始めたことで、アロイスは再び歩き始めた。その歩みに合わせて、一同も再び歩き出す。ニコラもそれに続きながら、淡々と説明を続けた。

「まぁ、弔う方法はいたってシンプルです。亡くなった人間と、架空の人間二人の、婚礼の場面を描く、たったそれだけ。『人生の中で最も幸せな瞬間』の表象としての〝結婚〟を、遺族が死者のために望むこと。それ自体は、何も悪いことじゃありません――ただし、一つだけ。絶対に犯してはならないルールがあります」

ニコラはそこで一度、言葉を切った。

「それは、そこに〝生者を描いてはいけない〟ということ。死者の相手は、必ず架空の人物でないといけないんですよ」

背後で、シャルが「ははっ」と乾いた笑い声を上げる。

「そうそう！　実在する、生きている人物を描いちゃうとさ、死者の世界に連れて逝かれんだよねー。たった一つの禁忌を破るだけで、案外カンタンに呪詛《じゅそ》へ転じちゃうんだ、厄介なことにさ」

「えっ⁉　死んじゃうの⁉」

ぎょっとしたように振り返るアロイスに、シャルはけらけらと笑うばかり。途端に真っ青になったアロイスは、ぎぎぎ、と油を差していないブリキの玩具《おもちゃ》のようなぎこちない動きで、ジークハルトの方を振り仰いだ。

「……ジーク、君、もしかして知ってた？」

「………まぁ、知っていたかな。私も、何度か描かれそうになったことがあるから……」

どこか遠い目をしたジークハルトは、明後日の方角にスイと目を逸《そ》らす。

ニコラもまた、苦虫をたっぷり嚙《か》み潰した上に、味わい尽くしてじっくりと飲み下したような、そんなしわしわの顔で呻《うめ》かずにはいられなかった。

曰《いわ》く、若くして亡くなった娘の、一目惚《ぼ》れの相手がジークハルトなのだ、とか。

曰く、せめて絵の中だけでも、絶世の美男子との幸せな絵姿を、だとか。

ファビュラスが天元突破したような美形の元には、時折、そういう依頼が集まるのである。本当に勘弁してくれ、とニコラは死んだ目をして目頭を押さえた。

「危険だという以前に、私もニコラ以外との婚姻の絵を描かれたくはないから、いつも断っているのだけれど、ね。まぁ、その……時々、勝手に描こうとする人がいるのが、困る……」

ジークハルトはため息と共に、片手で顔を覆う。

そう。遺族の悪意なき暴走によって、時たま命の危機に陥るのが、この幼馴染なのである。全くもって、油断も隙もないのだ。

「「「うわぁ……」」」

アロイス、シャル、エマの声が綺麗に重なった。それはもう、心の底からドン引いた声だった。

エルンストは一人「許可も得ずに勝手をするとはけしからん！」と斜め上の反応だったが、そんなものは誰も聞いちゃいなかった。

ニコラはぽつりと呟く。

「………ねぇ、私の日々の頑張りが分かりますか」

それはもう、賽《さい》の河原で積んだ石を何百回と鬼に崩された、少年兵のような荒んだ目付きでそう言った。

「……ウン、二人ともよく頑張ってると、オレ思うなー」

「……ほら、各自に用意された部屋にも着いたし、明日も早いし、早く寝ようか、うん」

そう言って、シャルとアロイスがそれぞれニコラの背を叩く。

「……ほら、ニコラさんのお部屋はこっちですよー」

あれよあれよという間に手を引かれ、気付けばパタンと扉が閉じる。

何だか荒ぶる祟《たた》り神を宥《なだ》めるような対応が気に入らないが、その不満に応えてくれる者は誰もいない。部屋は一応、一人に一室用意されているらしかった。

寮の自室の物より余程大きなベッドの縁に、ニコラはぽすんと座り込む。それから、精緻《せいち》な模様が描かれた天井を見上げて、ぽつりと呟いた。

「……えっ、これでまだ初日？　嘘《うそ》でしょ」と。

3

翌日の出立はそれなりに早かった。

行き先は、アロイスの三人目の婚約者候補、エルフリーデが療養しているという、ルーデンドルフ領邦。隣領とはいえ、リューネブルク侯爵邸からは、馬車で二時間ほどかかるのだという。

身支度を整えて朝食を摂り、いそいそと荷物の確認をする。それから玄関ホールに集まれば、そこにはリューネブルク侯爵の姿もあった。どうやら侯爵自ら見送ってくれるつもりらしい。

門の外には既に馬車と御者《ぎょしゃ》が控えているとのことで、本当に至れり尽くせりだった。ニコラたち一行は、それぞれに御礼と別れの挨拶を済ませ、馬車に乗り込んでいく。

最後にリューネブルク侯爵は、アロイスと二言、三言言葉を交わすと、何か物を手渡したようだった。アロイスは少し驚いたように目を瞬いたが、すぐに笑ってそれを受け取ると、馬車に乗り込む。

全員が乗り込み扉が閉められると、馬車はすぐに動き出した。


ガタゴト揺れながら走り出した馬車の中で、皆の視線は、アロイスの手元に集中する。

それは一見すると、折り畳まれた紙のように見えた。紙自体が薄いのだろう。中に何やら文字が書いてあるようだが、薄らと透けて見える程度なので内容は分からない。

アロイスは周囲の視線を受けて「あぁ、これ?」と小さく苦笑した。

「『ルーデンドルフ領に行くのなら、是非』って託されたんだよ。今はちょうど豊穣《ほうじょう》祭の時期だし、飛ばしてきてほしいってね」

それを聞いた五人の反応は、主に二つに分かれた。「あぁ、なるほど」と理解する者と、首を傾げる者だ。前者はエマとエルンスト、ジークハルトの三人で、後者はニコラとシャルの二人だった。

ニコラとシャルは顔を見合わせて、互いに首を傾げ合う。

そんな二人を見て、ジークハルトは苦笑しながら口を開いた。

「ルーデンドルフ地方の、豊穣の祭りは知っている？」

それならば、流石のニコラでも知っていた。ジークハルトの言葉を受けて、シャルも同時に首肯する。それぐらい、国内でも有数の知名度を持つお祭りだった。

その反応を予想していたのか、ジークハルトは特に驚いた様子もなく言葉を続けた。

「じゃあ、その別名を、『ラタルネ・ガラ』というのを、聞いたことは？」

否定の意を込めて、今度は首を横に振る。ラタルネ・ガラ――直訳すると、ランタンの祭典、だろうか。しかし、それと豊穣祭と何の関係があるのかが分からず、やはりシャルと顔を見合わせる。

ジークハルトはニコラたちの疑問を察したように微笑むと、説明を始めた。

「豊穣の祭りの夜にはね、故人の名を書いた天燈《ランタン》を空に飛ばす風習があるんだって」

曰く、その昔に大飢饉《ききん》が起き、死者が大量に出た年があったらしい。以来、死者への祈りと豊作祈願が合わさり、豊穣の祭りの夜に天燈《ランタン》を飛ばすようになったのだという。

なるほど。お盆のような、ハロウィーンのような、そんな行事なのだろうと解釈する。由来としては何ともありがちで、故に理に適っているといえた。

「じゃあその、折り畳んだ紙みたいなやつが天燈ってこと？」

シャルがアロイスの手元を覗《のぞ》き込んで尋ねると、アロイスは「そうだよ。広げて組み立てたら、天燈になるんだ」と頷いた。

「豊穣祭の夜は、とっても綺麗なんですよう。ねぇエルンくん」

「……まぁ、そうだな。確かに、一度見たら忘れられない光景だ」

エルンストも渋々といった様子で、エマに同意する。彼らはどうやら、過去にその光景を見たことがあるらしい。アロイスが懐かしそうに目を細めた。

「エルンもエマも昔から僕付きで、どこに行くにも一緒だったんだ。婚約者だったオリヴィア嬢との交流ついでに、ラタルネ・ガラに足を延ばしたことが、一度だけあるんだよ」

その時のことを思い出したのか、アロイスの口元には柔らかな笑みが浮かぶ。

「本当に綺麗なお祭りだから、楽しみにしてて」

そう言って、アロイスは得意げに片目を瞑ってみせた。

◇

リューネブルク邸を出発してからおよそ二時間。馬車はようやく目的地であるルーデンドルフ領に到着した。

「わぁ……！」

馬車の窓に張り付いて、ニコラとシャルは思わず感嘆の声を上げる。

街は巨大な湖を半円状に囲うように栄えているらしく、煉瓦《れんが》造りの建物や木組みの家々が立ち並んでいた。湖の畔《ほとり》には露店や天幕が軒を連ねており、既にたくさんの人で賑《にぎ》わっている。

街のあちこちから牧歌的な音楽が聞こえ、街中に張り巡らされた三角のカラフルなガーランドが、秋の陽光を浴びてきらきらと輝いて見える。正直、ランタンが飛んでいなくても、十二分に幻想的な風景だった。

馬車の窓から見える景色に釘《くぎ》付けになっているニコラを見て、隣に座っているジークハルトがくすりと笑う。

「気持ちは分かるけど、まずはルーデンドルフ侯爵邸に行かないとね」

その言葉に、ニコラは「そういえばそうだった」と慌てて居住まいを正した。

やがて、馬車は街の中央に位置する広場に到着する。

大きな噴水のある広場に降り立てば、目の前には立派な金属の飾り柵の門と、広大な庭園。そしてその奥に佇む屋敷が見えた。どうやらあれが、ルーデンドルフ侯爵邸であるらしい。

門の前にはお仕着せを着た、腰の曲がった老婆が立っていた。

馬車から降り立った一行に気が付いた老婆は、「ようこそおいでくださいました。旦那様より、案内を仰《おお》せつかっております」と恭しく頭を下げる。

一行は老婆の先導に従って、ルーデンドルフ侯爵家の敷地へと足を踏み入れた。

ルーデンドルフ邸の敷地はとても広かった。中でも庭園の広さは、尋常ではない。

まるで植物園のようなその庭園には、多種多様な花が咲き乱れている。ニコラは目を丸くして、右に左に目移りしながら歩いた。アネモネ、デルフィニウム、ライラック、と整然と整えられた区画もあれば、ピンクの紫陽花《あじさい》や青い紫陽花が植えられた一角もある。

シャルがニコラの旅装の裾をちょんちょんと引っ張って、紫陽花を指差した。それから顔を寄せ、物珍しそうな声を上げる。

「他の花は名前分かんねーけど、あの花ならオレでも知ってるわ。あれ紫陽花だろ？　日本でよく見かける花、こっちの世界で初めて見たかも」

ニコラはその言葉に目を瞬いてから、「あぁ」と納得したように呟いた。青い紫陽花に近寄って、その花弁を指でちょんとつつく。

「紫陽花はさ、土が酸性だと青く、アルカリ性だとピンクに色づくんだよ。つまり、土がどっちの性質でも咲く花ってわけね。で、確か、ヨーロッパの基本土壌はアルカリ性で、日本の基本土壌は酸性なんだ。日本の花をこっちでなかなか見かけないのは、基本土壌が日本とは違うからだと思う」

日本は大陸より降水量がかなり多く、かつ火山灰を多く含む土地であるため、土壌の質が西洋とは全く違うのだ。そう説明してやれば、弟弟子は「ほへぇ」と間抜けな相槌を打った。

いつの間にか隣に並んでいたジークハルトが、ニコラを覗き込むようにして首を傾げる。

「それにしても、不思議な庭園だね」

「……そうですね」

確かにその庭園は、不思議と形容するに相応《ふさわ》しかった。ニコラは同意するように頷いて、紫陽花から目を離す。それから改めてぐるりと周囲を見渡した。

庭園には赤、白、薄桃、淡青、薄紫と、様々な色合いの花が咲き誇っていて、その様は文句なしに美しい。だが、少しばかり奇妙だった。

「不思議、ですか……？」

訝《いぶか》しげに尋ねるエルンストには、ジークハルトが振り返って苦笑した。

「あぁ。アネモネも、デルフィニウムも、ライラックも、全て春の花だからね。それに、紫陽花《ハイドランジア》も秋の花ではないから、どうにも不思議に思えて」

その言葉に、エルンストは「閣下は植物にも造詣《ぞうけい》が深いのですね！」と目を輝かせる。ジークハルトは得意げに笑って、ちらりとニコラへ視線を向けた。

「ニコラは隠しているけど、花が好きだからね。ニコラが好きなものは、私も好きになりたかったから」

向けられる視線は、菫《すみれ》の砂糖漬けのように甘ったるい。直視するには胸焼けしそうで、ニコラは顔を歪めて目を逸らした。アロイスやエマからも生温《なまぬる》い表情を向けられて、どうにも居心地が悪い。

ニコラは咳払いをして、案内役の老婆に声をかけた。

「……あの！　どうしてこの庭園には、春の花ばかりが咲いているんですか？」

その問いに、老婆はゆっくりと振り返った。やがて「ようお気付きで」と口元を緩める。

「春のお花が多いのは、庭師《ガーデナー》が二季咲きするように手を加えておるからですよ。お嬢さまは、春のお花がお好きですんで」

老婆が目を細めて仰ぎ見るのは、屋敷の二階にある、一つの窓だった。残念ながらカーテンは閉まっていて、中の様子は窺えない。その一室に、病弱な侯爵令嬢がいるのだろうか。

「エルフリーデ嬢って、どんな子なの?」

アロイスが尋ねると、老婆は懐かしむように目を閉じた。

「昔はたいそうお転婆《てんば》で、よくこのお庭を走り回っておいでてしたよ。わたくしや庭師が目を離すとすぐに、お屋敷を抜け出してしまわれて……よく街に遊びに行かれておいでてした。ええ、本当に手を焼いたものでございます」

老婆は思い出に耽《ふけ》るように微笑んで、静かに窓を見上げる。

なかなかにアクティブなご令嬢だったらしいが、そんなお転婆少女も、いつからか、重い病を得てしまったのか。老婆は目を伏せると、ゆっくりと息を吐いた。

しんみりとした空気が漂う中、話題を変えるようにジークハルトが口を開く。

「見事な庭園だけれど、手入れは庭師が一人でやっているのかな」

その問いに、老婆は僅かばかり言い澱《よど》み、それから首を横に振った。

曰く、元々は住み込みの庭師が一人で手入れをしていたが、一週間ほど前に一人息子が死んだことで塞ぎ込んでしまい、現在は仕事が手につかない状態らしい。そのため、今は他の使用人が持ち回りで手入れをしているのだという。

「そのお子さんは、事故で……？」

「いいえ、いいえ。まだ年端もゆかぬ子が、血反吐を吐いて、苦しみ抜いて……。お医者さまは、原因のわからぬ奇病と言うておったそうでございます。それからというもの、若い女中たちも次々に体調不良を訴えて、今は老いぼれの家政婦《ハウスメイド》ばかりが残った次第で……」

老婆はつと、青い紫陽花の咲く花壇を指差して「あぁ、そういえば」と呟いた。

「その紫陽花も、丁度その子が死んだ頃合いで色が変わったのですよ。いつも父親の後をついて回っては、その仕事ぶりを見とった子どもでしたんで……。もしかすると、父親を元気づけたい一心で、色変わりをしたのやもしれませんねぇ……」

一行は顔を見合わせて、神妙に口を閉ざす。そんな彼らの空気を察したのか、老婆は小さく微笑んで首を横に振った。

「年寄りはどうも、湿っぽくなっていけませぬ。どうか、忘れてくださいまし。さあさ、どうぞお屋敷へ」

老婆はそう言って、ゆっくりと踵を返す。その後を追うように、一同も静かに歩き始めた。

4

老婆の案内で、ニコラたちは応接間に通された。

だが、応接間で待つことしばらく、一行は家令《ハウススチュワード》の男から謝罪を受けることになる。

何でも屋敷の当主であるルーデンドルフ侯爵は現在、領民からの陳情《ちんじょう》が立て込んでおり、手が離せないらしい。そのため、しばらくの間、この部屋で待って頂きたいとのことだった。

謝っている割に、その家令の表情筋はピクリとも動かない。

ぴっちりと撫で付けられた、やや白いものも混じるオールバックに、無機質な眼光。その表情と相まって、どこか針金を連想させるような男だった。

「地方を挙げての大規模な祭りだし、こちらこそ忙しい時期に訪問して悪いね。構わないよ」

アロイスがそう応じれば、頭を下げていた壮年の男は掌《てのひら》を返したように、あっさりと頭を上げる。

そしてやはり無表情で礼を言うと、足早に立ち去っていった。

最初に案内してくれた老婆も、お茶の用意を終えると退室してしまった。応接間には、一行の六人だけになる。

「さて、エルフリーデ嬢と会えたら、建前は果たせるし、あとはお祭りに繰《く》り出せるんだけど……。実はひとつ、ニコラ嬢にお願いがあって」

アロイスは声を潜めて、そう切り出した。ニコラはもはや条件反射で、毛虫を見るような目を向ける。その視線を受けて、アロイスは眉を下げると小さく笑った。

「エルフリーデ・フォン・ルーデンドルフ。病弱で、社交界に一切姿を現さない侯爵令嬢、十七歳。彼女は本当に実在しているのか——君なら、それを調べられるんじゃないかと思ってね」

「……それは、一体どういう意味ですか？」

ニコラは思わず眉をひそめる。ニコラの隣で、ジークハルトが静かに息を呑《の》む気配がした。

「もしかして王宮は、彼女の存在を疑っているのか」

ジークハルトの小さな呟きに、アロイスは困ったような表情で頷いた。

「うん、そうなんだ。僕も十年くらい昔に一度だけ、エルフリーデ嬢に会ったことがあるけれど……。それ以来、彼女は一切、人前に姿を現してはいないから」

もちろん無理強いをするつもりはないよ。そう言って、アロイスは小さく苦笑する。

「これは依頼でも命令でもないし、断ってくれても構わない」

ニコラは舌打ちを飲み込んで、深い深いため息を吐く。

「…………実在を確認するだけで、いいんですね」

そもそも今回の旅は、ニコラがオリヴィアの墓参りを望んだことが発端だった。ならば、多少の協力はすべきだろうと考えたのだ。渋々ながら了承すれば、アロイスは驚いたように目を瞬いてから、やがて嬉しそうに破顔した。


だが、そうと決まれば、ニコラは自分の代役を立てねばならなかった。

誰か使用人が応接間に戻って来たり、ルーデンドルフ侯爵と対面する時に一人足りない、というのは流石に不味《まず》いからだ。ニコラは祓《はら》い屋としての仕事道具を詰め込んだ鞄《かばん》の中を漁《あさ》って、人型の紙――式神を一枚取り出すと、雑に弟弟子へ押し付けた。

「そういうわけで、任せたよ、シャルえもん」

「だーれが青狸《だぬき》だ」

「残念、あれは猫だよ」

だが、面倒臭そうながらも式神を受け取るあたり、手伝ってくれる気はあるらしい。

それから、ニコラは鞄の口をもう一度開いて、その中に小さく呼び掛ける。

「ジェミニ、出ておいで。ついて来て」

すると、鞄の中からひょっこりと、小さな黒い塊が飛び出してきた。それはもよんっ!と嬉しそうに跳ねると、ニコラの肩に着地する。そして、ぴょんぴょんと飛び上がって、ニコラの頭の上に移動してようやく落ち着いた。

初見のエマとシャルは目を丸くして、ニコラの頭上をしげしげと見る。

「わぁ、むにむにした動きが可愛いですよう!」

「え、なにコイツ」

興味津々といった様子の二人を前に、ジェミニはみょんみょんと伸び縮みしながら、自分の姿を見せつけるように動く。すると、二人の目線はジェミニの動きに合わせて上下左右に動くから少し面白い。

「ドッペルゲンガーのジェミニだよ。使役《しえき》してるんだ」

「え、じゃあ別にオレがお前の式神を動かす必要なくねぇ⁉」

シャルはそう言って、不満げに口を尖《とが》らせる。

だが、ニコラはそれを無視して自分に隠形《おんぎょう》の術をかけ、先んじて姿を消して見せた。そうすれば、弟弟子は渋々ながらも言うことを聞くと知っているからだ。

「っだーもう！　分かった分かった、やればいいんでしょ、やればさぁ！」

シャルはぼやきながら、半ばヤケクソのようにパチンと指を鳴らし、ニコラの式神を立ち上げる。

人型の紙はその場でくるくると回り、一瞬の後にはニコラの姿がそこにはあった。

それを確認した本物のニコラは小さく笑って、ジェミニを連れて応接間を後にした。

◇

「さて、行こっかジェミニ」

するすると頭を伝って降りて来た使い魔は、肩の上でみょんっと跳ねる。その動きを少し擽《くすぐ》ったく思いながら、ニコラは廊下を歩き出した。

貴族の居館といえば、規模の違いはあれど、構造としてはどこも似たようなもの。一階は他人が出入りする社交の場で、二階以上がプライベート空間だ。一人娘の部屋ならば、当然二階のどこかにあるのは間違いなかった。

地方を挙げての祭りということもあり、忙しいというのは本当なのだろう。屋敷の入り口、玄関ホールには陳情に来た領民たちが列を成しているし、すれ違う使用人たちも皆慌ただしく動き回っている。

だが、誰とすれ違っても、ニコラに不審の目を向ける者は一人もいない。隠形の術は、十全に作用しているようだった。

「それにしても……さっきの話、多分本当なんだろうな」

廊下ですれ違う使用人たちを見遣《や》りながら、ニコラは小さく呟いた。

老婆が語った、若い家政婦が体調不良を訴えて辞めていったという、その話。

それを踏まえて観察すれば、その偏《かたよ》りは非常に顕著だった。男性の使用人の中には若者の姿もあるのだが、一方で、若い女性の姿は全く無いのだ。時折見かける女性はといえば、みんな五十歳を優に越していそうな年齢ばかりである。

庭師の子どもの死に様もなかなか壮絶であったようだし、女子どもだけが罹《かか》る伝染病ではないだろうな、と、ニコラは思わず眉根を寄せた。さしもの祓い屋も、病に関しては門外漢なのだから仕方がない。

そんなことを考えながら階段に差し掛かったところで、ニコラはふと足を止めた。

壁に、金髪の少女の肖像画を見つけたのだ。順当に考えれば、それは屋敷に住まう者の絵である筈だった。近寄ってみれば、立派な額縁の下にはやはりエルフリーデの名が添えられていて、彼女が件《くだん》の令嬢ということで間違いないらしい。

しかし、描かれている少女はどう見積もっても十歳前後にしか見えず、ニコラは無言でジェミニと顔を見合わせる。

肖像画のモデルは、確かに長丁場になる。モデルに耐えられないような重い病を、この歳の頃に得てしまったのか、或《ある》いは――。

十歳前後のまま、更新されない絵姿の意味するところは、果たしてどちらなのだろう。


やがて、ニコラは二階の一室の前で立ち止まる。そこは、老婆が庭園から見上げていた部屋だった。扉には小さな真鍮《しんちゅう》のノッカーが取り付けられており、それを軽く二度打ち付ける。

どうせ、今のニコラは透明人間のようなものなのだ。あわよくばご本人から扉を開けてもらい、生存確認としたかったのだが、扉は開かず、返事もない。ニコラは小さく嘆息して、そっとドアノブに手をかける。鍵はかかっていなかった。

慎重に扉を押し開ければ、そこはいやに少女趣味の寝室だった。

薄桃色のレースを基調としたカーテンが揺れ、同じくレースがふんだんにあしらわれたベッドの上に、膨らみは、無い。部屋の主は、不在のようだった。

念の為に室内を見回してみるが、やはり人の気配は感じられない。少女趣味のテディベアやぬいぐるみが、静かに項垂《うなだ》れているだけだ。

ニコラは少し迷った末に、クローゼットを開く。そこに吊《つ》るされたドレスはやはり、十歳前後の背丈のものばかりで、ニコラは静かに目を伏せる。

それは、クローゼットを閉め、踵を返そうとした時だった。

「あぁ、お嬢さまっ……!?」

よたよたと覚束《おぼつか》ない足取りで部屋に飛び込んで来たのは、庭園を案内してくれた例の老婆だった。

恐らく、ニコラが開けたままにしておいた部屋の扉に気付き、やって来たのだろう。

老婆は人影を探すように、部屋中をきょろきょろと見回している。ニコラは罪悪感を抱きながら、肩に乗るジェミニに小さく囁いた。

「……さっきの肖像画の姿に、化けられる？」

ジェミニはころころとニコラの腕を伝い、ぴょんと飛び跳ねて床へ降りる。しゅるりと十歳くらいの金髪の少女に姿を変えたジェミニは、そのまま老婆へと駆け寄ると、ぎゅっと老婆に抱きついた。

その瞬間、弾《はじ》かれたように老婆が振り返る。そして、少女の姿を認めると驚愕《きょうがく》に目を見開いて、震える指先を少女に伸ばす。

老婆は少女に触れて、確かめるように何度もその頬を撫でると、ぼろぼろと大粒の涙を零し始めた。老婆は少女の名を何度も呼んで、強く抱きしめる。

「あぁ、よくぞご無事で」

「ばあやはずっと、心配しておりましたよ」

「今まで一体どちらに……いえ、いいのです。こうして戻って来てくだされば、あぁ、それだけで、ばあやは……」

涙ぐむ老婆の姿に、罪悪感で胸が痛む。ニコラは小さく唇を噛んで首を振った。

「……もういいよジェミニ、もういい」

小さな声でそう告げれば、ジェミニは少女の擬態をするりと解いた。老婆は掻き消えた少女の姿を探すように辺りを見渡して、やがて力無くその場に崩れ落ちる。

ニコラは目を伏せ、老婆の嗚咽《おえつ》だけが響く部屋をそっと後にした。

5

一方、本物のニコラが去った後の応接間にて。残された五人はといえば、暇を持て余していた。

シャルは欠伸《あくび》をしながら、ソファに深く腰掛けて背もたれに身を預ける。

「……いやー、暇っすね」

思わず漏れてしまった言葉に、エマとジークハルトが苦笑する。

最初こそ暇潰しがてら、姉弟子の式神に変顔をさせたりしていたのだが、それもすぐに飽きてしまったのだ。

姉弟子の、今世での幼馴染だというジークハルトの笑みが少し怖かったというのもある。そういうわけで、手持ち無沙汰に窓の外を眺めていた時だった。

不意に、視界の端に子どもの姿を捉える。さりげなく、一瞬だけ視線を走らせれば、子どもの身なりは質素な平民のもの。その子どもはたたたっと走って植木の茂みに消えていく。

アロイスがぱちりと目を瞬いて、おや、と珍しそうに首を傾げた。

「子どもが遊んでるみたいだね。お祭りだし、庭園を領民に開放しているのかな？　うーん、ルーデンドルフ侯爵は、あまりそういうことをしなさそうなイメージだけど……」

訝《いぶか》しげに呟かれた言葉に、シャルは「あー……」と微妙な顔をする。ジークハルトとエマも同様に、何とも言えない表情を浮かべていた。

エルンストだけは「子どもですか？　自分は全く気が付きませんでしたが……」と不思議そうに首を傾げるが、他の三人は揃って顔を見合わせた。

シャルはアロイスを指差して、眉を寄せる。

「……もしかしてあの王子サマ、視《み》えるようになってから、まだ日が浅い感じ？」

そう呟けば、ジークハルトが苦笑して頷いた。

「アロイスが視えるようになったのは、ほんの一か月くらい前からかな。ニコラは『ほぼ自分と同じくらい鮮明に視えているだろう』と言っていたよ」

何でも、元々視る素質はあったものの、トンデモ守護霊を引っ憑《つ》けたエルンストが昔から側にいたおかげで、今まではあちら側にピントを合わせずに済んできたらしい。

ニコラとほぼ同レベルに視えているというのなら、それは即ち死者と生者に見分けがつかないレベルだということで、シャルはアロイスを同情の目を向ける。

当の本人はきょとんとした顔のまま首を傾げているので、シャルはため息を一つ吐いてから、口を開いた。

「あのさ……王子サマに、先人からひとーつ忠告ね。今みたいに『何でこんな場所で、子どもが走り回ってるんだろう』みたいにさ、ちょっとでも違和感を覚えたなら、自分から先陣を切って話題に出さない方がいーよ？　周りの全員に同じものが見えているか、ちゃんと様子見しないと駄目だって」

たまたまこの空間には、圧倒的に視える側の人間の方が多いが、普通はそうではないのだ。

アロイスはその忠告に、ぱちくりと目を瞬く。それからおもむろに窓の外を見て、ぎょっとしたように勢いよく振り返った。

「え、待って、さっきの子どももってもしかして……幽霊なの？」

はくはくと口を開閉するアロイスに、ジークハルトとエマは苦笑して頷く。

「……大丈夫、そのうち慣れるよ」

「もしかしたら、庭師のお子さんかもしれませんねえ」

流石、視える、或いは感じるようになってからの年季の差か、ジークハルトとエマは落ち着いたものだった。エルンストは窓に張り付いて目を凝らしては、「やはり何も見えん……」と悄気《しょげ》ている。それに応じて背後の眩《まぶ》しい守護霊も悄然《しょうぜん》と光量を落とすので、シャルは思わずふはっと笑いが零れた。姉弟子も、今世はなかなか愉快な人間たちに囲まれているらしい。


そうこうしていれば、応接間の扉が控えめに叩かれる。

応接間に入ってきたのは、先ほど謝罪をしに来た家令だった。やっと屋敷の主人に会えるのかと思いきや、まだ少し時間がかかるのだと、家令はもう一度謝罪する。

だが、男は相変わらず能面のような無表情で、慇懃無礼《いんぎんぶれい》な印象が拭えない。どうにも感情が読めない男だった。

「よろしければ、当家領主のコレクションルームにご案内いたしますが。いかがいたしましょうか」

このまま応接間にいても暇であるし、特に断る理由も無く、五人はその提案に乗ることにした。

一応、姉弟子のために道標《みちしるべ》の紙人形を飛ばしつつ、廊下を歩く。

案内されたのは、屋敷の二階の、奥まった場所にある部屋だった。だが、一歩立ち入った瞬間、シャルは思わずゲェと顔を歪める。

『ごめんなさい』『痛い』

『いやだ』『許して』『怖い』

そんな感情がぐるぐると渦巻いて、脳内を占める。シャルは思考を侵食するそれらをやり過ごすのに、数秒を要した。碌《ろく》でもない感情が染み付いている部屋だな、と眉を寄せる。

「これら全て、先代と当代の当主が蒐集《しゅうしゅう》したコレクションでございます。手にお取り頂いても構いません。どうぞ自由にご鑑賞ください」

家令はそう言い置くと、恭《うやうや》しく一礼してコレクションルームから出ていった。扉が閉まったのを確認して、五人はぐるりとコレクションルームを見回してみる。

そこは、一言で言い表すならば〝混沌《こんとん》〟だった。

大小様々な絵画、彫刻、書籍、甲冑《かっちゅう》や刀剣、調度類、果ては何に使うのかも分からないような道具の数々。そういったものが雑多に飾られていて、統一感などあったものではない。正直、あまり趣味が良いとは言えなかった。

シャルには骨董品《こっとうひん》の良し悪しなど分からないが、アロイスやジークハルトの微妙な表情を見る限り、どうやら彼らの感性にも合わないらしい。

エマは三十センチほどの高さのブロンズ像にぐっと顔を近付け、眉を寄せた。

「お手入れも、かなり雑みたいですねー。素手で触ったあと、拭いていないみたいです」

高価なものを手に取るのは躊躇《ためら》われていたが、他人も触っていると分かれば話は別だ。

へぇ、と何気なくブロンズ像に手を伸ばし、指が触れたその瞬間――途端になだれ込んでくる強い感情と痛みに、シャルは堪らず手を離す。

「……げ、ヤバっ！」

そう思った時には既に遅く、ブロンズ像は真っ逆さまに落下する。だが、間一髪で間に合ったエルンストの手によって、それは床に落ちる前に受け止められた。

シャルは冷や汗を流しながら、「すげー反射能力……」と口笛を吹く。それから努めて平静を装いつつ、エルンストに声をかけた。

「助かったけど、でもあんまりそれに触んない方がいーよ……多分それで誰かを殴って殺したか、殺しかけたかしてる。ちょー曰く付きの代物だわ、それ」

その言葉に、全員がぎょっとしたように像を見る。

「……何故《なぜ》そんなことが分かる」

エルンストが眉根を寄せて、不服そうに問うてくる。シャルは仕方なく、肩を竦めて呟いた。

「オレさ、生まれつきのPsychometry《サイコメトリー》なんだよね、って言っても分かんないか。まぁ簡単に言うと、物に宿った残留思念を読み取れるっていうか……そういう体質的なやつ？」

物や場所にこびり付いた、強い感情や記憶の残滓《ざんし》。そういったものを断片的に拾ってしまうのが、シャルの特異体質だった。

日本では眉唾ものとされがちだが、FBIやCIAなどアメリカの捜査機関では、行方不明者の捜索や、水難事故の遺体発見などに活用されていたりもするらしい。

シャルとしては、意図して欲しい情報を得られる訳でもなく、ましてや、自分の脳内を他人の記憶や感情に侵食される感覚は、不快なもの。日常生活を送る分には不便なことの方が多いのだが、こと祓い屋稼業においてはそこそこ役立つことも多く、同業者には重宝されたものだった。

エルンストはシャルの言葉を信用するべきか考えあぐねている様子で、難しい顔で唸《うな》りながら、己の手の中のブロンズ像を睨《にら》む。

その横合いから、エマがひょいとブロンズ像を取り上げて、元あった場所に丁寧に戻した。

「シャルくんがそう言うなら、本当なんですよう。ね？」

エマはそう言って、シャルに微笑んでみせる。シャルはそんな姉の様子に小さく苦笑して、肩を竦めた。こういった能力は真実と証明するのが難しく、だからこそ無条件で信じてくれるエマの側は、やはり居心地が良いのだ。

「凄い能力だね、シャル！　ねぇ、そういう曰く付きの品物って、他にもあったりする？」

アロイスが感心したように目を輝かせ、ずいっと身を乗り出してくる。

シャルはうーんと首を捻り、コレクションルームをざっくりと見渡した。

「あー、例えば……あの甲冑は多分、実戦で使われてたっぽいかなー、とか？　あとはあっちの短剣も、実際に人を刺したことがありそうな気がする」

シャルはそう言いながら、飾られた刀剣類をいくつか指差す。とはいえ、武具系の骨董品ではよくある話なので、特に意外性はないだろう。「あとは……」とシャルは周囲を一通り見渡して、それから少し離れた所にある、箱庭に目を留めた。

「うん、ちょっと毛色は違うけど、アレとか？」

そう言って、シャルは部屋の一角を指差した。それならば意外性もあって丁度いいだろうと、シャルは悪戯《いたずら》っぽく笑う。その言葉を受けて、全員が箱庭へと歩み寄った。

シャルが示したそれは、精巧に作られたミニチュアの街だ。

広場の噴水を中心とした、約四十センチ四方の街並み。街は湖を半円状に囲っていて、ルーデンドルフ領の街並みをミニチュアにしたものとすぐに分かる。

何故か、このルーデンドルフ邸の屋敷だけがぽっかりと存在しないが、先ほど歩いて来た見事な庭園などはそっくりそのまま再現されていて、まるで本物の街を切り取って縮小したかのような出来栄えだった。

「すごいね、これ。よく出来てる……」

ジークハルトは感心したように呟いて、しげしげとミニチュアの街を覗き込む。

確かにその箱庭は建物から木々に至るまで、本物と見紛《みまが》うばかりの完成度だ。シャルも素直に感心しながら、その箱庭を眺めた。

街灯や家々は細部まで細かく作り込まれていて、そこに住む人々の息遣いまで聞こえてきそうだ。

湖は澄んで美しく、水面に反射した光がキラキラと輝いている。

どこからともなく風が吹けば、湖の畔に立つ木々がさわさわと揺れ、鳥の囀《さえず》りや子どもたちの遊ぶ声が聞こえてきて――、

『――行きたい』

無意識に、シャルの手が箱庭の方へと伸びる。

けれど、箱庭に触れる直前に、その手は横合いから伸びてきた別の手に捕まった。ハッとして隣を見れば、いつの間に戻って来ていたのか、そこには半眼のニコラの姿がある。

「……何やってんの」

「…………うぉ、あっぶなー、一瞬呑まれてたわ……。いやまあ別に、この箱庭が危ないモノってわけじゃあないんだろーけどさ」

この箱庭そのものは、特に危険なモノではないのだろう。ただ、この箱庭に焼き付いている『そこに行きたい』という感情に、つい引きずられそうになったのだ。

シャルは小さく息を吐いて、雑念を追い払うように軽く頭を振った。

姉弟子本人が戻って来たのならと、パチンと指を鳴らして式神を解く。ぺらりと床に舞い落ちた紙を拾ったニコラは、箱庭を覗き込むと首を傾げた。

「……何だろ、これ」

「オレ、仕事で一回さ、コレと似たようなやつに関わったことがあんだよね。……多分これ〝マヨイガ〟に似てるんだ」

「……マヨイガって、遠野のアレ？」

訝しげに問うてくる姉弟子に、シャルはこくりと首肯した。

迷い家《が》とは、東北、関東地方に伝わる異界譚《たん》だ。それは訪れた者に富をもたらすとされる、山中の幻の家、或いはその家を訪れた者についての伝承の名だった。

マヨイガは、ユートピアとしての隠れ里。シャルは前世、祓い屋としてマヨイガに纏《まつ》わる依頼を受けたことが一度だけあった。その為、その感覚に馴染《なじ》みがあったのだ。

「もちろんマヨイガそのもの、って訳じゃあないけどさ、なんつーの？　明らかに、そこに異界があるって分かってるのに、警戒する気になれないというか、悪いカンジがしなくてなんか惹《ひ》かれるというか、さ……。そう、来るもの拒まず去るもの追わず、みたいな雰囲気が、うん。なーんか似てんだよね」

箱庭の中に広がる景色に視線を落としながら、シャルは訥々《とつとつ》と呟いた。

恐らくここは、誰でも望めば入ることが出来て、出ることも容易い、そんな異界なのだろう。積極的に人を取り込んでは閉じ込めようとするような、危険なモノではない。そういう確信があった。

「……まあ確かに、悪いモノではなさそう、かな。……迷い家というよりは、迷い街って感じだけどね」

隣でニコラも同意するように頷いて、箱庭から顔を上げた。そうすれば、途端に目を輝かせたアロイスが「なになに？　結論が出たみたいだけど、これって何なの⁉」とシャルとニコラの間に割り込んでくる。

ニコラがあまりにも露骨に「鬱陶《うっとう》しい」と顔を歪めるものだから、恐らくアロイスは余計に面白がっているのだろう、さらに距離を詰めようとする。それを見て、やれやれと肩を竦めたジークハルトが二人を引き剝がし、宥《なだ》めるように苦笑した。

「シャルくん、シャルくん、エマさんも気になります」

エマもそう言って、くいくいと袖を引っ張ってくるので、シャルは仕方なく説明のために口を開きかけた。そんな時だった。

「――それは、お嬢様が作った箱庭なのですよ。ええ、なかなか良く出来ておりましょう」

突然背後から聞こえたその声に、全員がハッと振り向いた。

そこには最初に庭園を案内してくれた老婆が佇んでいる。老婆はゆっくりと頭を下げてから、改めてシャルたちを見渡した。

「大変お待たせいたしました。当家の主人のもとへ、ご案内いたします」

どうやらやっと、この屋敷の主と対面出来るらしい。

◇

最初に通された応接間に戻れば、ニコラたちを出迎えたのは、値踏みをするような視線だった。やたらと恰幅《かっぷく》のいいその男は、歳の頃は五十代半ばだろうか。

でっぷりと肥やした身体をこれ見よがしに揺らしながら、男は大仰に両手を広げて歓迎の意を示す。どうやらこの男がルーデンドルフ侯爵であるようだった。

ルーデンドルフ侯爵はこちらが気付いていないとでも思っているのか、ニコラの頭の天辺から爪先までを舐《な》めるように見ると、他人よりはやや薄い胸を鼻で笑う。

侯爵はすぐに、興味を失ったようにシャルへと視線を移す。そして同じように気色の悪い目付きでシャルを眺めた後、シャルの隣に控えるエマへとそれを向ける。やがて男はエマの豊かな胸元を凝視して、下卑た笑みを浮かべた。思わずぞぞぞと鳥肌が立つ。

あ、こいつ無理だ——そう思わせるには十分すぎるほどの嫌悪感と不快感だった。

隣でシャルがゲェと嘔吐《えず》くジェスチャーをするが、それを咎《とが》める気にはなれなかった。

ジェミニが肩の上で威嚇するように、ずもも……と黒いオーラを滲《にじ》ませながら膨らんでいくので、ニコラはさりげなく宥めておく。

侯爵はソファーに座るよう勧めてくるが、ジークハルトがやんわりとそれを断り、さりげなくニコラを隠すように立ち位置を変えた。アロイスもまた前に出たことで、必然的にエルンストもその隣に控えるために前へ出る。

おかげで侯爵との間に高い高い壁が出来て、女子三人はほっと息を吐いた。

「ルーデンドルフ侯は忙しいだろうし。私たちも、そう長居をするつもりもないんだ」

そう冷然と言ってのけたジークハルトに、ニコラは内心、珍しく素直に賞賛を送る。

だが、侯爵はジークハルトの言葉に鼻白んだような表情を浮かべると、ふんと嘲笑《あざわら》うように息を吐いた。ジークハルトも若輩とはいえ同じ侯爵位にある以上、ルーデンドルフ侯とは対等であるにもかかわらず、随分とあからさまに見下した態度だ。

侯爵はジークハルトの言葉などまるで聞いていなかったかのように、アロイスにのみ向き直ると、笑みを取り繕って口を開いた。

「いやはや、残念ですよ。我が領都は保養都市であるとはいえ、民間の宿を利用されるとは……。我が屋敷に滞在していただければ、殿下にご満足いただけるような、素晴らしいもてなしが出来ると自負しておりましたのに」

侯爵は大袈裟《おおげさ》に肩を落としてみせると、やれやれと首を横に振る。その仕草がわざとらしい上に、媚《こ》びるような声音も相まって、不快感が募るばかりだった。宿を民間で取ってくれたというファインプレーに、ニコラは内心拍手喝采《かっさい》である。

「……あぁ、心遣いには感謝するよ。でも、せっかくのお忍び旅行だし、市井《しせい》の暮らしぶりも知りたかったからね。今回は遠慮しておくよ」

アロイスは最もらしいことを言いながら、ルーデンドルフ侯爵の言葉を一蹴する。侯爵は一瞬表情を引き攣らせたが、すぐに笑みの形に歪めた。

「して、宿はどちらに?」

「湖の畔の、青い屋根の館だよ。名前は確か……」

すかさずエルンストが「湖水邸です、殿下」と答える。その答えを聞いて、ルーデンドルフ侯爵は笑みを浮かべ、「なるほど、なるほど」と大仰に相槌を打った。侯爵が言うには、湖水邸はルーデンドルフ侯爵領の中でも一、二を争うほどの高級宿だという。

「あそこは貴族御用達の宿ですから、殿下に対して粗相もありますまい。我が領都の誇る宿ですよ」

侯爵は応接間のソファーに踏ん反り返り、贅肉《ぜいにく》のついたあごを撫でながら笑うと、宿について自慢気に語った。曰く、内装がどうだとか、景観がどうだとか、聞かれてもいないことを侯爵はつらつらと言い募る。だが、その目はアロイスにしか向いておらず、その他の人間はとことん眼中に無いようだった。

ロックオンされているアロイスはといえば、完全に侯爵の自慢話を聞き流しているのだろう。ちょっとズレたタイミングで「ソレハ楽シミダナー」などと相槌を打つ。

そのあんまりな棒読み加減に、女子勢は男子勢の背に隠れているのを良いことに、顔を見合わせて小さく吹き出していた。だが、そんなアロイスの様子にも気付いていないのか、ルーデンドルフ侯爵は上機嫌で言葉を連ねていくばかりで。

やがて我慢の限界に達したのか、アロイスはとうとう雑に侯爵の話を遮った。げんなりしたような声音で、アロイスは単刀直入に本題に切り込む。

「……それよりも、ここに立ち寄ったのは、貴方のご息女に挨拶するためだったんだけれど。彼女に会うことは叶《かな》いそうかな」

ルーデンドルフ侯爵は、今度は一瞬の綻びもなく、申し訳なさそうな表情を貼り付けてみせた。そして、心底残念だとでも言うように、芝居がかった仕草で肩を落とす。

「ここのところは調子が良かったのですが、今日は生憎《あいにく》と体調が思わしくないようで……。娘も会いたがっておりましたが、まったく、これはどうしようもないですな。せっかくお越し頂いたというのに、申し訳ないことです」

その返答は、まるで台本でもあるかのように、流暢《りゅうちょう》に紡がれた。

アロイスがちらりとニコラを横目に見遣るので、ニコラはジークハルトの陰に隠れて首を横に振る。アロイスはそれを認めると、すぐに視線を戻して「それは残念だよ」と肩を竦めた。

「せっかくこのような辺境まで越し頂いたというのに、申し訳ありませんな。代わりにと言っては何ですが、当地方を挙げての祭りをお楽しみください」

「……そうさせてもらうよ。時間を取らせて悪かったね」

話は終わりとばかりに、アロイスが踵を返す。それに続く形で、一行もまた退室した。

門まで案内しようとする使用人を断って庭園まで出れば、ようやく人心地つける思いがする。アロイスが五人を振り返って、申し訳なさそうに苦笑した。

「不快な思いをさせてごめんね」

そう言って眉を下げるアロイスに、ジークハルトが首を振る。

「君のせいじゃないから、謝らないで」

確かに、あの侯爵が不快な人間であったことに、アロイスの責はない。それはニコラも認めるところだった。他の面々の表情からも、皆同意見だと分かる。

「噂《うわさ》には聞いていたけれど、想像以上の御仁だったね……」

苦笑して呟くジークハルトに、アロイスも同意するように嘆息する。

それからアロイスは、空気を切り替えるように手を叩いて、「さぁ、何はともあれ！」とわざとらしく声を上げた。その音に視線が集まる中、彼は朗らかに笑う。

「〝建前〟はもう果たせたわけだし、あとはお祭りを楽しもう！」

アロイスが指差す先、鉄格子の門の外には、楽しげに賑わう中央の広場が広がっている。一同はその光景に顔を輝かせると、揃って歩き出した。

ニコラもまた弾んだ足取りで歩き出しかけて、ふと、美しくも不可思議な庭園の景色を振り返る。庭園には相変わらず、季節にそぐわない紫陽花や花々が咲き乱れていていた。

ニコラはそれに一瞬だけ目を細めるも、すぐに踵を返してジークハルトたちを小走りに追いかけた。

ニコラのちょこっとオカルト講座⑦

【マヨイガ】

迷い家——それは東北、関東地方に伝わる、訪れた者に富をもたらすとされる山中の幻の家、あるいはその家を訪れた者についての伝承の名です。

この伝承は、民俗学者・柳田國男の『遠野物語』にて紹介されたことにより、広く知られるようになりました。

遠野物語によれば、この家は決して廃屋などではなく、無人なのに〝奥の坐敷には火鉢ありて鉄瓶の湯のたぎれるを見たり〟と、つい今しがたまで人がいたような、生活感のある状態で現れるそうです。

マヨイガを訪れた者は、その家から何か物品を持ち出してよいことになっていて、それを持ち帰ればお金持ちになれるのだとか。

異界は異界でも、無害な隠世（かくりよ）ですから、是非とも一度は迷い込んでみたいものです。

四章――感情線の行き着く先

1

ルーデンドルフ侯爵邸の敷地を一歩出れば、まるでおとぎ話のような世界が広がっていた。

中央広場の噴水の周りでは、楽しげな音楽に合わせて踊る者たちがいて、それを眺めながら酒を飲む者がいる。露店には瑞々《みずみず》しい果物が並んでいたり、甘い香りを漂わせる焼き菓子が売ってあたりして、通り過ぎる人々を誘惑していた。

広場から湖に向かって伸びる大通りは石畳で舗装され、木組みの三角屋根や煉瓦《れんが》造りの建物が軒を連ねている。通りにも様々な露店が所狭しと立ち並び、香ばしい匂いや甘い香りを漂わせていた。

行き交う人々の笑顔も賑《にぎ》わしく、伝統衣装なのか、色とりどりの牧歌的な衣装を着た人々の姿も見受けられる。そんなメルヒェンで幻想的な光景を前に、ニコラは息を呑《の》んで足を止めた。

隣に立つジークハルトもまた、この景色に見惚《みと》れるように目を細めている。

やがて、彼は視線だけをニコラに向けると、ふわりと微笑んでみせた。それから、広場にいる花売りに目を留めると、少し待っていて、と言い残して歩き出す。

ニコラはその背を見送ってから、気を取り直すように周囲を見渡した。

見渡す限りの、人、人、人……その中には結構な数の死者が入り交じっていて、ニコラは苦笑する。お盆祭り然《しか》り、ハロウィン然り、古今東西、祭りというものはそういうものだった。諦めるしかないのだろう。

「ニコラ」

名前を呼ばれ、ニコラは声の主を振り返る。すると、ジークハルトはニコラの髪を一房掬《すく》い取って、そっと何かを挿《さ》したらしい。ニコラは目を瞬いて、それに触れようと手を伸ばす。だが、その前にジークハルトによって手を取られ、阻まれてしまった。

ふわりと風が吹いて髪が揺れ、同時に甘い香りを運んでくる。それは金木犀《きんもくせい》に似た、それでいて金木犀より控えめな、甘い香りで——。

「……銀木犀？」

小さく呟《つぶや》けば、幼馴染《おさななじみ》は目を細めて微笑んだ。

その目はどこか悪戯《いたずら》っぽい輝きを秘めていて、けれど同時に、優しい色を宿していて。ニコラは唇をぎざぎざに引き結ぶと、その視線から逃れるように目を逸《そ》らす。

銀木犀の花言葉は『初恋』『唯一の恋』そして『あなたの気を引く』だ。この男のことだから、きっと分かった上でやっているのだろう。思わず熱くなった頬を隠すよう俯《うつむ》くと、彼は楽しげに笑った。

「行こう、ニコラ」

差し出された手に、ニコラは躊躇《ためら》いながらも自分の手を重ねる。

すると、ジークハルトはあどけなく顔を綻ばせ、指を絡めるように手を繋《つな》ぎ直した。ニコラはそれに一瞬だけ息を詰めるも、すぐに諦めたように嘆息する。

ジークハルトはそんな彼女の様子に小さく笑い、耳元に唇を寄せてそっと囁《ささや》くと、それから上機嫌に歩き出した。

ニコラはきゅうと眉根を寄せ、小さく唇を尖《とが》らせる。

喧騒《けんそう》に紛れるように囁かれた「好きだよ」という一言に、心が動かなかった訳ではない。

それでも、ニコラはきっと、同じ気持ちを返してはあげられない。貰《もら》いすぎた好意を、同じ熱量ではきっと返せないのだ。

真《ま》っ直《す》ぐに好意を伝えられる度に、胸の奥が軋《きし》むような心地になる。ニコラは幼馴染の背を見つめながら、小さく唇を噛《か》んだ。

2

幼馴染のエスコートに従ってアロイスらと合流すれば、またもやエマが盛大にすっ転んでいた。むくりと起き上がったエマは「うー、足を摑《つか》まれましたあ……」と涙目だ。

アロイスはそんなエマに手を差し伸べ、それからニコラたちへと視線を向けると、ぱちぱちと目を瞬いた。

その目線は、繋がれたままのニコラとジークハルトの手にじーっと注がれていて。キラキラと輝くその視線に、ニコラはくしゃっと顔を歪《ゆが》める。

「……いいですか」

ニコラは嘆息すると、おもむろに繋いだままの手をアロイスの眼前にまで持ち上げて、パッと離してみせた。そうすれば、ジークハルトの周囲には一瞬で死者の人集《ひとだか》りが出来上がる。

アロイスは一転、引き攣《つ》った笑みを浮かべると、納得したように呟いた。

「………なるほど」

「そういうことです」

ニコラはジークハルトに群がる死者の群れを眺めながら、ため息を吐く。

見たところ、ジークハルトの整いすぎた容姿が物珍しくて寄って来ただけなのだろうが、それにしても数が多い。ずっとコレを引き連れでもしたなら、流石《さすが》に体調を崩しそうだった。

「おーい、人数分の桃を買って来たから、とりあえず食べようぜ」

声に振り返れば、シャルが桃を片手に手を振っていた。その隣には、シャルの手に余ったのであろう、残りの桃を抱えたエルンストもいる。どうやらほんの数軒先の露店に買いに行っていたらしかった。

「桃は邪気や厄を祓《はら》う果物！　腹ごしらえにはぴったりだろ」

そんなことを言いながら、シャルが全員に桃を手渡していく。

「エルンストさんには魔除《まよ》けなんて必要ないかもだけど、まっ、仲間外れも寂しいっしょ」

にっと笑ったシャルがそう言えば、エルンストは少しだけ苦笑した。

各々の手に渡った桃は、柔らかく甘い香りを放っている。〝ぺったんこ桃〟と呼ばれるその桃は、日本のものより一回り小さく、皮も薄くてそのまま食べられるのだ。

ニコラもそっと歯を立てて一口齧《かじ》る。瑞々しい果汁が溢《あふ》れて、甘さが舌の上に広がった。隣を見ればジークハルトも桃を頬張っていて、その美貌が年相応に緩んでいる。

エルンスト以外の視線は、自《おの》ずとジークハルトに集中した。何故《なぜ》なら、彼が桃を食べ進めるにつれ、周囲の死者たちが見る見るうちに捌《は》けていくのだ。魔除けは効果覿面《こうかてきめん》のようで、その光景が視《み》えている面々はくすくすと笑う。

そんなこんなで、一行は桃を堪能しながら大通りを歩き始めた。


通りには様々な露店が並び、露店商たちの活気に満ちた声が飛び交う。人々は陽気に笑い合い、歌い踊る。楽しげな雰囲気が辺りを満たしていた。

豊穣《ほうじょう》の祭りと言うだけあり、どの露店の商品も作物が多い。特に目立つのは、木製のワゴンから溢れんばかりの、色とりどりの果物だろうか。そのどれもが収穫されたばかりと思しき艶を放っていて、まるで宝石箱のように鮮やかだった。

道端には大道芸を披露する者たちがいて、軽業《かるわざ》で人々を沸かせている。あちらこちらに目移りして仕方がなかった。

行き交う人の数も多く、合間を縫うように歩いていれば、自然と隣を歩く人間は入れ替わる。ニコラは気付けば、アロイスの隣に落ち着いていた。

ニコラはふと視線を感じて隣を見上げる。すると、アロイスと目が合った。

「……どうかしましたか？」

「いや、楽しんでるみたいだなって思って」

「ええ、まぁ…………楽しい、です」

ニコラが渋々と認めれば、アロイスはくつくつと可笑しそうに笑った。

「君もシャルも、前世の記憶があるって割に、年上の人と話している感じはしないなぁ。あ、もちろん良い意味でね！」

アロイスがそう言って、くすくすと笑う。その視線の先では、シャルがエマを相手に「ねーちゃん見て、アレめっちゃ美味そう！」などとはしゃぎ倒している。

「…………年月だけ重ねても、人は大人にならないんですよ」

そう呟いて、ニコラは苦笑する。

ニコラの情緒《じょうちょ》やコミュニケーション能力は、悪い意味で十五歳の年相応だという自覚があった。前世、六花としての人生経験は、対人能力の経験値という面においてはカウントするまでもなかった。

何せ、よく視えすぎると、初手から人間関係に躓《つまず》くのだ。最初は実の親と噛み合わず、成長し世界が広がるにつれ、歪《ひず》みはどんどん大きくなる。

前世〝上手な子ども〟でいられなかった六花にとって、まともに関わりを持てた相手は師と弟弟子くらいのもの。対人コミュニケーションが拙《つたな》いのは仕方がなかった。

学校にでも通えていたなら話は別だったのだろうが、残念ながら、知れば知るほど人外との距離は近くなってしまうのだ。

祓い屋として半人前のうちは、学校や病院のような場所はかえって危険で、立ち入れたものではなく。六花はほとんど学校には通えずに、祓い屋見習いとして師の事務所に入り浸る日々だったのだ。自衛の手段を学べたことに、後悔はない。だが、他人との関係は希薄なものであったことは間違いなかった。そしてきっと、それは弟弟子も同じなのだろう。

「……私も、多分シャルも。子ども時代をやり直しているんですよ」

ニコラは苦笑して、隣を歩くアロイスを見上げる。その言葉の意味を正しく理解しているのか、いないのか。アロイスは「そっか」とだけ言って笑い、それ以上は何も聞いてこなかった。

「…………それよりも、他に聞きたいことがあるんじゃないですか」

ニコラはアロイスに向き直ると、胡乱《うろん》げにエメラルドの瞳を見上げる。アロイスは少し迷う素振りを見せた後に、小さく肩を竦《すく》めた。

「……エルフリーデ嬢は、実在した？」

その質問は、予想通りのもの。ニコラは眉を寄せて、小さく首を横に振った。

「行方不明、失踪……少なくとも、乳母の反応を見る限りでは、そんな様子でした」

老婆の言動を掻《か》い摘《つま》んで説明してやれば、アロイスはあごに手を当てて、ふむと考え込むような仕草をした。ニコラは無言で、ちらりと横目にアロイスを見遣《や》る。

ニコラとしては、アロイスと婚約するのは真っ平御免こうむる。かといって二人目の候補者は、中身の人格が男だ。その上、三人目の候補者は、失踪或《ある》いは行方不明ときた。条件的には、かなり詰んでいると言わざるを得ない。

ニコラは眉間に深いしわを刻んで、口を開いた。

「……どうするつもりなんですか？」

その問い掛けに、アロイスは困ったように笑った。

「んー、そうだね……。とりあえずは王宮に、エルフリーデ嬢の不在を伝えようかな。そうしたら、もっと候補を増やそうって動きになるかもしれないしね」

そう言うと、アロイスはニコラの頭の上に手を置いた。そして、そのままわしゃわしゃと雑に頭を撫《な》でる。その突飛な行動に驚いて、思わずその手を払い除ければ、アロイスはあははっと楽しげに笑った。

「そんなに不安そうな顔をしなくても大丈夫だよ。僕と君が婚約しなきゃいけなくなるような未来は、絶対に避ける。約束するよ」

それは、いつもの軽薄な調子ではなく、真摯《しんし》な声音だった。ニコラは居心地が悪くなって、小さく唇を噛む。

客観的に見れば、自分が一番マシな候補者であることくらい分かっているのだ。それでも、恋心など分からなくても。家族になるならジークハルトがいい。何とも我儘《わがまま》な話だった。

ニコラの複雑な表情に気が付いたのか、アロイスは眉尻を下げて苦笑する。

「大丈夫だよ。こんな立場に生まれた以上、望んだ相手と結婚なんて不可能だからね。ちゃんと最初から割り切ってるんだ」

ニコラは眉を寄せてアロイスを見上げる。アロイスは相変わらず、飄々《ひょうひょう》と微笑んでいた。

その笑顔が気に食わなくて、ニコラは眉間のしわを深くする。アロイスはニコラの頭をぽんと撫でると、すっかりいつもの戯《おど》けた調子で続けた。

「だからこそ、君とジークの関係はさ、尊いなって思うんだ。幸せになって欲しいと思うよ」

そう言って笑うアロイスに、ニコラは別の意味で顔を顰《しか》める。だが、この会話の流れで否定するのもどうかと思い、結局は口を閉ざすことにした。

ニコラは小さく息を吐くと、アロイスから視線を逸らす。そして、とある露店に目を留めた。そこには色とりどりの天然石が並べられていて、ニコラは吸い寄せられるようにそちらへ足を向ける。

「へぇ……」

ニコラはしゃがみ込んで、天然石の連なるネックレスやブレスレットを覗《のぞ》き込んだ。赤や青、緑や黄色など、様々な色の石が、陽の光を浴びてキラキラと輝いている。店主の目利きが良いのか、上質な品が結構多く交じっていた。

「ニコラ嬢、こういうのが好きなの？」

頭上からアロイスが覗き込んでくる。ニコラは立ち上がって、アロイスを振り返った。

「ジークハルト様に持たせようかと思ったんですよ。魔除けにもなりますし」

先だってのアメジスト程ではないが、質の高い天然石はパワーストーンとしての効果も相応に高いのだ。装飾品としては身に付けづらいかもしれないが、数珠のようにポケットに忍ばせておくだけでも、効果としては十分だろう。

「へぇ、これ魔除けの効果があるの？　じゃあジークの分とは別に、効果が高そうな物をもうひとつ見繕《つくろ》ってほしいって言ったら、怒る？」

「……怒りはしないですけど」

何だか妙な物言いだな、とニコラは首を傾《かし》げる。アロイスなら「僕の分も選んでよ」とでも言いそうだと思ったのだ。

ニコラの怪訝《けげん》そうな空気を汲《く》んでか、アロイスが苦笑する気配がする。それからアロイスは「エマに渡したいんだ」と小さく囁いた。

その言葉に、ニコラは思わず目を瞬かせる。そして、改めてアロイスの顔を見上げた。

アロイスの視線の先には、露店の前で楽しげに笑うエマの姿がある。石畳の段差で躓いたようで、またもや転びかけてはシャルに呆《あき》れられていた。

「……随分と、エマさんを気にかけているんですね」

「小さい頃から一緒なんだ。妹みたいなものだよ。危なっかしくて、放っておけない」

まぁ実際はエマの方が一つ年上なんだけどね、などと言って笑うその声は、ひどく優しい。それはいつもの戯けた調子ではなく、どこか慈しみに満ちた響きをしていた。

「……〝妹〟と〝妹のような人〟って、筍《たけのこ》とたけ○この里くらい、違う気がしますけど」

もしも浮気男が「あいつは妹みたいなものだから」などと言い訳しようものならば、刺されること必至である。思わずそんなことを呟けば、きょとんとした表情を向けられる。

「アー、乗馬で人が馬を担ぐくらい、違う気がします」

そう言い換えてやれば、アロイスはふはっと吹き出した。

「何それ、たとえが独特だなぁ」

くつくつと笑いながら言われ、ニコラはむすっとして眉間に深い縦じわを刻む。アロイスはそれにまた笑って、それから少しだけ困ったように苦笑した。

「君は、『曖昧なモノに名前を付けたり、存在を定義してしまうと、それは明確に形を持ってしまう』と言っていたけれど……」

アロイスは小さく息を吐いて、独り言のように小さく呟いた。

「僕は、叶《かな》わないと分かっている感情に、名前を付けるつもりはないかな。定義なんてしないまま、曖昧なものは曖昧なままにしておかなくちゃ。でなきゃ、側にいることさえ出来なくなる」

「……………そうですか」

エマに向けるアロイスの視線は、ただひたすらに優しく、どこか切なげで苦しそうだ。

ニコラは黒瑪瑙《オニキス》のネックレスを一つと、孔雀石《マラカイト》のブレスレットを二つ見繕うと、店主に代金を支払う。それから、二つのブレスレットの方をアロイスに差し出せば、アロイスは驚いたように目を丸くした。

「魔除けの品は、殿下も持っておいて損はないですから」

ポケットに忍ばせたりする形なら、お揃《そろ》いの品だとバレることもないだろう。どうせ、露店で庶民が買えるようなものを、王子が表立って身につけることなど出来ないだろうから、丁度良い。

アロイスは目を瞬かせてから小さく苦笑する。それから、差し出された包みを素直に受け取って「ありがとう」と微笑んだ。

「殿下！　露店に立ち寄る際は、一言お声掛けください！」

数件先の軒下にいたらしいエルンストが、いそいそと戻って来るなり小声で抗議する。

「ごめんごめん、次から気をつけるよ」

同じく数件先の軒下で、先を歩いていた三人がニコラたちを待っていた。エマが居場所を伝えるようにブンブンと手を振っていて、そしてまた縁石に躓いている。

アロイスはエマに追いつくと「あぁもう、仕方がないなぁ」と笑ってその手を取る。そして、そのままエマの手を引いて歩き出した。

「殿下！　エマの介助なら自分がっ！」

エルンストが憤慨したように抗議するが、当のアロイスはどこ吹く風だ。エルンストはぐぬぬ……と不服そうな表情を浮かべるが、結局は主の意思に従うことにしたようだった。

「エマめ、また殿下のお手を煩わせおって……」

エルンストはニコラの隣でぶつくさとぼやいている。

この様子では、恐らくアロイスがエマに向ける感情には気付いていないのだろう。なかなかの朴念仁《ぼくねんじん》っぷりに、ニコラは呆れた目を向ける。

「……恋愛って、何なんでしょうね」

思わずそんな言葉が漏れたのは、アロイスの気持ちを知ってしまったからだろうか。隣を歩くエルンストは、薄気味の悪いものでも見るような視線を向けてくる。

「つかぬことを、お伺いするんですけど……」

「なら聞くな、と言いたいところだが、何だ」

エルンストは仏頂面で、ため息を吐くと先を促した。ニコラは少し躊躇った後、口を開く。

「…………初恋って、したことありますか？」

突拍子もない質問に、エルンストは不可解そうな表情を浮かべた。

「……あるが、それがどうした」

その回答に、ニコラはきょとんと目を丸くする。てっきり自分と同類だと思っていたのに、この堅物《かたぶつ》でさえ恋をしたことがあるというのか。正直、ちょっとショックだった。

そんな表情を隠さず表に出せば、エルンストが「……お前、俺を何だと思っている」と苦虫を噛み潰したような表情を浮かべる。

正直、ちょっと賢いドーベルマンくらいに思っている、とは流石に言えず、ニコラは黙秘を貫いた。

エルンストは盛大なため息を吐いてから、ニコラを横目に腕を組む。

「――で、それがどうしたんだ。言いたいことがあるならはっきりと言え」

その言葉に、ニコラは小さく肩を揺らす。ゆらゆらと視線を彷徨《さまよ》わせ、やがて観念したように口を開いた。

「……人を好きになるって、どういう感情ですか。どうして人を好きになったりするんですか」

それは、前世ではついぞ抱くこともなかった疑問だった。

恋愛ドラマを見ても漫画を読んでも、それはどこか他人事のフィクションでしかなく。そもそも師と弟子という身内だけで完結していた、小さな世界の中で、恋や愛などという感情は無縁のものだったのだ。

エルンストはニコラの問いに目を丸くすると、呆れたような表情を浮かべる。それから盛大なため息を吐くと、まるで当然のことでも言うように口を開いた。

「人を好きになるのに、理由なんかいらんだろう」

エルンストの回答に、ニコラは思わず眉を寄せる。それは何ともありきたりで、納得のいかない話だった。理由もなしに人は人を好きだと言うのか。

不満が表情に出ていたのだろうか。エルンストは顔を顰《しか》めると、「お前、さては割と面倒くさい奴だな……」とニコラを見下ろす。その視線は、まるで聞き分けのない幼子を見るかのようで、何だか無性に腹立たしかった。

「『優しいから好き』だとか『格好良いから好き』だとか、こじつけみたいで嘘《うそ》くさいだろうが。いちいち理由を求めようとする方が、俺には分からん」

エルンストは至極真面目な顔をして、そんなことを言う。だが、それでもやはり納得がいかなかった。ニコラが求めているのは、もっと明確で分かりやすい定義だ。

ムッとした表情のまま黙っていると、「あぁもう！　これだから理屈っぽい奴は好かん！」とエルンストが苛立ったように声を荒らげる。

「だったらその、理由も分からん好意の理由を探すこと自体が、恋だ！　今のお前のことだ、もうそれでいいだろう、話は終わりだ！」

そう言って一方的に話を打ち切ると、エルンストは大股に歩き出す。その背中を、ニコラはぽかんと見送った。

「……いや、いくら面倒臭いからって、そんな暴論はないでしょうよ………」

その呟きを拾ったらしいエルンストは、数歩先で立ち止まる。それからニコラを振り返ると、呆れたように言った。

「……そもそも相談相手として、俺はどう考えても人選ミスだろう」

「…………それもそうですね」

こちらから訊《たず》ねておいて何だが、確かにエルンストの言う通りだった。

3

「なぁなぁ、歓談中に悪いけどさぁ。お前の使い魔、大丈夫？　何かすんごい伸びてるけど」

不意に背後からかけられた声に、ニコラは振り返る。そこには、楽しげに笑みを浮かべて後方を見返るシャルの姿があった。

その視線を追うように、背後を見遣る。すると、ジェミニがニコラの肩上から通り過ぎた露店の店先まで、にゅ――――んと細長く伸びていた。

「わぁ……ごめんジェミニ、気付かなかった」

どうやら、屋台で売られている焼き菓子に興味があるらしい。食べたいの、と囁けば、ジェミニは一瞬で元の形に戻り、ニコラの肩の上でもよんっと弾む。

「じゃあ、適当な人間の姿に化けておいで」

そう言って微笑めば、ジェミニはふよふよと飛んで、路地裏に消えていく。程なくして戻って来たのは、ハンチング帽を被った十歳くらいの少年だった。

その姿はどこかで見覚えがあるような気もするが、はっきりとは思い出せない。だが、今はそんなことを気にするよりも、目の前のジェミニだ。

少年姿のジェミニはニコラの手を両手で握ると、よいしょ、よいしょと一生懸命に引っ張って、目当ての店まで連れて行こうとする。その仕草が可愛らしくて、思わず頬が緩んだ。

そのまま、ジェミニに手を引かれるままに後をついて行けば、やがて甘く香ばしい匂いの漂う露店の前に辿《たど》り着く。

「オレもこの店、気になってたんだよなー」

いつの間にか、シャルもついて来ていたらしい。ニコラの隣に並ぶと、シャルは嬉々《きき》として露店を覗き込み始める。店先には、林檎《りんご》やカボチャのトルテ、クッキーなど、色とりどりの焼き菓子が並んでいた。

あれとこれとそれと、と一生懸命に指差すジェミニに、店主の親父《おやじ》は快活な笑みを浮かべて、手際よく注文通りの品を用意していく。

「可愛い弟だなぁ、嬢ちゃんたち」

そう言われ、否定するのも怪しいので、曖昧に笑っておく。ニコラやシャルもそれぞれ一品ずつ選んで代金を渡せば、親父が焼き菓子を紙袋に入れて差し出してくれる。

それを受け取って、店を後にしようとした時だった。

「……祭りだからって、弟から目を離すなよぅ、嬢ちゃんたち。ちょっと前まで、それくらいの年齢のチビたちがよく、攫《さら》われてたんだ」

不意にかけられた言葉に、ニコラたちは振り返る。店主は神妙そうな表情でジェミニを見つめていた。

「まぁ最近はターゲットが変わったみてぇだが……いや、どの道気を付けた方がいいのは変わりねぇや。今のターゲットは、そっちの嬢ちゃんくらいの年齢って話だからなぁ」

そう言って、店主が指差したのは、シャル一人だけ。

シャルはきょとんとした顔で自分を指差し、それから横目にニコラを見ると、笑いを堪えるように口元を押さえる。ニコラは引き攣《つ》りかける表情筋を気合いで押さえ込んだ。

「……分かりました、気を付けます」

そう答えて、今度こそ店を後にする。そうすれば、シャルは隠すことなく笑い出した。

ニコラはムッとしてシャルを睨《にら》む。ニコラもシャルと同じ年齢だというのに、どうにも釈然としない。

「やっぱあれだろ、発育じゃねえ？」

確かにニコラの身長は、同年代の女子の平均身長を下回っている。だが、揶揄《からか》ってくるシャルの視線は、ニコラの人よりは薄めの胸にあった。対するシャルの胸は、癪《しゃく》なことに、まぁそこそこには大きい。

「……恥を忍んで聞くけど、何をしたらそんなに育った……」

恨みがましくそう呟けば、シャルは悪びれる様子もなくけらけらと笑う。

「え、何ってそりゃあ……合法的に触り放題な胸があったら、揉《も》むでしょ。男のロマンってやつ？」

「…………何がロマンだ、甘栗《あまぐり》でも食っとけ」

ニコラは素足で蚯蚓《みみず》を踏んだような表情で、ケッと小さく吐き捨てた。

焼き菓子の露店に寄ったことで、気付けばニコラたちは一行の中では最後尾だ。

幸いエルンストやジークハルトは背が高く、見失うことこそないものの、少々距離が離れすぎてしまった。先行く彼らに追いつくため、ニコラはジェミニの手を引いて、人混みの間を縫うように進む。その最中のことだった。

もう少しで彼らの背中まで見えそうだというその時のこと。ニコラは逆行してくる男と肩がぶつかり、よろめいてしまう。危うく転びそうになったところを、横からジェミニに支えられて何とか事なきを得た。

咄嗟《とっさ》に謝ろうと顔を上げれば、男は舌打ちをして、不機嫌そうに顔を歪める。だが、それも一瞬のこと。男はジェミニの姿に目を留めると、驚いたように目を見開いて呟いた。

すれ違い様に、確かに聞こえたその言葉に、ニコラは思わず眉をひそめる。

——あのガキ、この前売っ払った奴じゃねぇか。

男の後ろ姿を見送って、ニコラとジェミニは顔を見合わせた。

そして、ニコラはようやく腑《ふ》に落ちる。ジェミニが化けている子どもの姿に、どうにも見覚えがあった理由。それは、汽車の中で目にした新聞に、似顔絵付きで載っていたからだ。

ハンチング帽を被った、十歳くらいの少年。ジェミニは行方不明者の記事を、汽車の中で見ていたのだろう。

「……焼き菓子を食べ終わったら、元の姿に戻った方がいいかもね」

少年姿のジェミニを撫でれば、彼はこくりと素直に首肯する。そうして、小さな口で焼き菓子を最後まで頬張ると、路地裏に駆けて行った。

「なになに、どったの?」

後ろから問うてくるシャルには「何でもない」と返して、ニコラたちは再び歩き出した。

◇

アロイスたちと合流すれば、彼らは何やら壁の掲示物を見ている所だった。

近寄れば、ジークハルトがその内容を教えてくれる。何でも、近くの広場で奇術《マジック》のショーがあるらしい。興味を惹《ひ》かれて、一行はその奇術を見に行くことにした。

そうして辿り着いたのは、大通りから少し外れたところにある円形の広場だ。そこには既に多くの人で賑わっていて、大きな人集《ひとだか》りが出来ていた。既にショーは始まっているのか、人混みの中心ではどよめきが起きている。

だが、ひょこひょこと背伸びをしてみても、人垣の背ばかりで何も見えない。

ニコラは隣に立つエマやシャルと目を見合わせると、肩を竦めて苦笑する。女子の身長では、どう頑張ってもこの人混みの先を見ることは難しそうだ。

「ニコラたちじゃ見えなさそうだね。やめておこうか」

ジークハルトはそう言うが、男子三人は平均より高身長であるためか、問題なく見えているようだった。ニコラたち女子は顔を見合わせると、首を横に振る。

「ショーを見ていていいですよ。私たちは、この広場の屋台巡りでもしてますから」

広場の周縁には、色とりどりの天幕が立ち並んでいる。そちらの散策でも十分に楽しめそうだった。

待ち合わせ場所だけ決めて、男女二手に分かれる運びとなる。

広場は円形なので、ぐるりと一周見て回るとちょうど良いだろう。ニコラはシャルやエマと共に、広場の周縁の天幕を覗きながら歩くことにした。

歩き出せば、すぐに香ばしい匂いが鼻腔《びこう》を擽《くすぐ》る。匂いの元は、羊肉の串焼きを売る露店らしい。シャルは繋いでいたエマの手をニコラに託すと、一人で露店に駆け寄っていく。

ニコラはエマと肩を竦めると、小さく笑った。

「ジェミニはショーを見ててもいいのに」

肩の上に戻って来た使い魔に小さく囁けば、心揺れるのか小さな身体をふるふると震わせる。しかし、最終的にはぴとっとニコラの頰にくっついてきた。

「可愛いですねえ」

エマが、ジェミニを見て目を細めると、指先でちょんちょんとつついた。

「……シャルから聞きました。後天的に目が悪くなったんだ、って」

エマは分厚い眼鏡越しにニコラを見ると、ふわりと微笑んだ。

「眼鏡を通せば、朧《おぼろ》げには見えるんですよう。この子はよく動くから、見えやすくって」

その言葉を聞いたジェミニは、エマの目の前でぽわぽわと膨らんだり縮んだりしてみせる。そうすれば、エマは「優しい子ですねえ」と再び目を細めた。

シャルが戻って来るまで端の方に寄っておこうと促せば、エマはまた石畳に躓いて、つんのめりそうになる。慌てて支えれば、エマは申し訳なさそうに謝った。よく転びかけるのは、どうやら眼鏡の性質上、遠近感が大きく狂ってしまうせいらしい。

「どうしてこんな状態で、殿下のお付きなんだろう、ってお顔してますね？」

エマはそう言うと、困ったように笑う。図星だったニコラは少しだけ目を泳がせた。

「良いんですよう。誰でも不思議に思いますよね」

エマは眼鏡を外し、レンズを拭きながら苦笑する。その素顔は血縁というだけあり、シャルにそっくりだった。

「今でこそ、殿下は命を狙われることはないですけど、昔は色々とあったんですよ」

エマは懐かしむように目を細めると、そっと眼鏡をかけ直した。

何でも、エマは幼少の頃にアロイスを庇《かば》った怪我《けが》が原因で、視力が著しく低下してしまったらしい。

「名誉の負傷というやつですね」と言って、エマは戯《おど》けたように笑った。

「そういうわけで、へっぽこエマさんが今も殿下のお付きでいられるのは、殿下と王宮のご温情、というわけです！　蓋を開けてみたら、分かりやすいでしょう？」

エマはそう言うと、眉尻を下げて微笑んだ。なるほど、王宮側からすれば、慰謝料代わりの雇用ということなのかもしれない。

「……殿下は、とても優しい方ですよ。婚約相手として、おすすめですよう」

笑いながらそう言うと、エマは遠くを見つめるように目を細めた。

ふわりと吹いた風が、柔らかそうな亜麻色のお下げを揺らす。その横顔には諦念と寂しさが入り交じっているように見えて、何故か見ているこちらまで胸が締め付けられるような心地になった。

「ニコラさんが殿下の婚約者になってくだされば、安心だなあと思っていたんですけどね」

ぽつりと呟かれた言葉に、ニコラは目を伏せた。

「………私は、殿下と婚約するのは、嫌です」

ニコラの苦々しい声色に、エマは「そうみたいですねえ」と小さく笑う。

「どうやら他に意中の方がいるみたいですし、残念です」

エマはちらりと広場の人集りを見遣ると、悪戯っぽく笑った。

ニコラはきゅっと眉を寄せ、苦虫を噛み潰したような表情を浮かべる。どうして皆一様に、ニコラの感情とジークハルトを紐《ひも》付けたがるのか。

「……恋って、何なんですか。私には、よく分かりません」

不貞腐《ふてくさ》れたようなニコラの呟きに、エマは「あらら」と目を丸くする。そして次の瞬間には微笑ましそうに、口元を緩めた。

「恋か恋でないかなんて、自分で決めていいんですよう。その気持ちを恋だといいなあって思えば、もうそれは恋だと、エマさんはそう思います」

エマはそう言うと、眼鏡の奥でオリーブ色の瞳を細めて笑った。

その言葉は「その気持ちが恋でなければいい」「そう思っているうちは、恋ではない」と、エマ自身が自分に言い聞かせているように聞こえるのは、ニコラの気のせいだろうか。

——僕は、叶わないと分かっている感情に、名前を付けるつもりはないかな。

ニコラはほんの数刻前の、アロイスの言葉を思い出す。似たもの同士の二人の言葉に、ニコラは無言で目を伏せた。自分は果たして、どうなのだろう。

「あ、シャルくんが帰って来ましたよう」

エマの声に、ニコラはハッと我に返る。顔を上げれば、こちらに向かって歩いてくるシャルロッテの姿があった。

「なになに、どったの?」

シャルは羊肉の串を頬張りながら、きょとんと首を傾げてニコラとエマを見比べる。ニコラはエマと互いに顔を見合わせると、揃って「何でもない」と苦笑した。

シャルは不思議そうに目を瞬かせたものの、すぐに興味を失ったらしい。すぐに「そ？　まあいーや。天幕の方も面白そうだし見に行こーぜ」と歩き出した。


天幕の方は、主に工芸品や絵画などを扱っているところが多いらしい。

木彫りの人形や、硝子《ガラス》細工の置物、美しい織物、掌《てのひら》サイズの小さなオルゴールなど、個性豊かな天幕を次々に冷やかしていく。そうしているうちに、三人はある一つの天幕の前で足を止めた。

それは他の天幕に比べると随分小さく、入り口には垂れ布が斜めに掛けられている。だが、中からは不思議な香りが漂って来ていて、三人は顔を見合わせた。

「お、香水の店？」

「かもね」

エマの視力を思えば、朧げな視力より、他の五感で楽しめる方が良いだろう。

そう思い、入り口にかけられた垂れ布を手で避けて中に入る。天幕の中は薄暗く、ランプの灯りが揺らめいていた。外観から分かる通り、そこはごくごく狭い空間だった。

中央には机が一つ置かれていて、その上には鮮やかなガラス製の小瓶がいくつも並んでいる。その隣には香炉が置かれており、そこから不思議な香りが漂っていた。

だが、天幕の中に店番らしき人物は見当たらない。ちょっと不用心だなと天幕を見回してから、ニコラはふとあることに気が付く。

天幕の入り口、その垂れ布が完全に下ろされているのだ。斜めに掛けられていたはずの垂れ布は、今は外からの光を完全に遮断していた。

「誰か、入り口の垂れ布を下ろしま、した……」

それは自分が発した言葉であるはずなのに、どこか遠くから聞こえてくるような感覚だった。まるで水の中で喋《しゃべ》っているかのように、自分の声がくぐもって聞こえる。

「……ッ！」

ぐらりと視界が大きく揺れる。咄嗟にテーブルに手をつくが、身体が傾いていくのは止められなかった。ニコラは成す術もなく、そのまま地面に倒れ込む。

薄れゆく意識の中。最後に見えたのは、キューキューと鳴きながら跳ね回る使い魔と、同じように地面に頽《くずお》れていくシャルとエマの姿だった。

4

目が覚めると、そこは薄暗い倉庫のような場所だった。埃《ほこり》っぽい空気に咳《せ》き込んで、ニコラはゆっくりと起き上がる。まだ頭がぼうっとしていて、身体は怠かった。

一体何が起きたのかと、ニコラは必死で記憶を遡《さかのぼ》る。――そうだ、確か、香水を売っていると思《おぼ》しき天幕に入ったところで、急に眠気が襲ってきたのだ。

「………あの香炉か」

ニコラは小さく呟いて、舌打ちをした。

小さな天幕だ。あらかじめ、中に眠り薬か香か何かを充満させてあったのだろう。客が入ってきたタイミングで入り口の垂れ布を下ろせば、あっという間に密閉空間の完成だ。どうやら三人は、人攫《ひとさら》いの手口にまんまと引っかかったらしい。

ニコラは大きくため息を吐く。何にせよ、状況は最悪だった。

大きな怪我こそないが、両手は後ろ手に縛られ、足も麻紐で括《くく》られている。芋虫のように這《は》うことしかできないが、なんとか板間を移動して壁に背を預けた。

「おー、お前も起きた？」

「ニコラさん、大丈夫ですか？」

呑気《のんき》な声を見遣れば、隣にはシャルとエマがいた。二人とも同じように手足を縛られてはいるものの、意識ははっきりしているようで、互いに視線を合わせて安堵《あんど》する。

だが、それも一瞬のこと。この状況では安心など出来る筈《はず》もない。

「ここ、どこでしょうねえ……」

「まぁ少なくとも、さっきの天幕ではないよなー」

エマとシャルが呟くのを聞きながら、ニコラはぐるりと辺りを見回してみる。

そこはやはり、倉庫のような空間だった。棚や木箱、樽《たる》などが隅の方に置かれていて、窓一つない。

床には薄汚れた布が敷かれているが、日常的に土足で踏み荒らされているのか、所々に泥や砂が付着している。

かなり荒屋《あばらや》なのか、壁板の隙間から差し込む光が幾筋か、埃のおかげでその軌跡を可視化させていた。オレンジの光の筋を見るに、時刻は夕方に差しかかっているのだろう。室内には、自分たち三人以外の人間はいないようだった。

出入り口もまた一つで、四方を囲む板壁の一つにだけ、同じように板作りの扉が取り付けられている。

「その扉の向こうにもう一部屋あって、そっちにはさっきから人の出入りがあるみたいだけど……まぁ十中八九、攫った連中だろーな」

シャルの言葉に、ニコラは顔を顰めた。つまり、この部屋を脱出しようと思うなら、人攫いのいる部屋を突破しなければならないらしい。何とも厄介な話だった。

確かに言われてみれば、部屋の外からは複数の人間の話し声が聞こえてくる。

男の声ばかりだから、恐らくは人攫いたちだろう。男たちは何やら言い争っているようだった。

「今回の発注は、ブロンド系の髪の、十六、七の女って話だろうが！　黒髪のガキまで拾って来やがって！」

「あぁ!?　どうせ買われるのは金髪の中でも一人だけで、余ったやつは別のとこに売っ払うんだろうが！　そん時に黒髪も一緒に売り捌《さば》けば良いだろうがよ！」

「ハッ、じゃあ値が付かなかったら、テメェが責任取るんだな、売っ払うまでの食費は赤字なんだからよ！　分かったらさっさと別の金髪を攫ってこい！」

扉が薄いせいで、聞き耳を立てずとも会話は丸聞こえだった。その内容に、ニコラは思わず半目になる。確かにニコラの髪はブロンド系でこそないが、十六、七歳という枠には収まっている筈なのに、ガキ扱い。甚だ不本意だった。

「……解《げ》せん」

思わずぼそりと呟けば、シャルは堪えきれないといったように吹き出した。エマは少し困ったような顔をして苦笑している。

シャルはひとしきり笑ってから、改めて口を開いた。

「ま、そんなに慌てなくても大丈夫だって。お前の使い魔があの人たちを呼びに行ってくれてるし。のんびり待ってよーぜ」

そう言って、シャルはへらりと笑う。言われてみれば確かに、ジェミニの姿は何処にもなかった。曰《いわ》く、シャルたちが目を覚ました時点では、ジェミニはまだニコラに引っ付いてはぴぃぴぃキューキューと右往左往していたらしい。そこで、シャルが助けを呼びに行くように指示を出したのだという。

「ジェミニさんが出て行って、もう三十分くらいは経ってるので、もうじき助けが来ますよう。多分ここ、そんなに街から離れていないですから」

エマさん耳は良いんです、とエマが胸を張って笑った。確かに耳を澄ませれば、小さく祭りの喧騒が聞こえてくる。合わせて聞こえるのは、水音だろうか。

「多分ですけど、湖の畔《ほとり》のどこかなんですよう」

なるほど、湖の畔かつ祭りの喧騒が聞こえる範囲ならば、祭りの中心地からさほど離れてはいないのだろう。そうと分かれば、一気に気が楽になった。

ジークハルトは優美な見た目に反して、腕っ節も強い。エルンストに至っては本職の騎士だ。この場所さえ分かれば、あとはどうとでもなるだろう。救出も時間の問題だった。

「……ま、いっか」

何だか気を張っているのも馬鹿馬鹿しくなって、ニコラはあっさりと肩の力を抜いた。腕が前ではなく後ろで縛られているのがネックだったが、一周回って猫背矯正にちょうど良いかもしれない。

シャルもごろんと寝っ転がり、エマでさえふぁ……と欠伸《あくび》をしだす始末だった。

「そうなると、暇だよな」

「まあね」

「ですねえ」

シャルの退屈そうな呟きに、ニコラとエマが揃って首肯する。緊張感の欠片もない、その空間。

その声は、三人しかいないはずの小屋に、朗らかに響いた。

『あははっ、おねーさんたち、変なの！』

5

「びっ、くりしたぁ……」

背を預けていたはずの壁から、いきなりにゅっと顔が生えてきたのだ。流石のニコラも驚かずにはいられなかった。驚きのあまり固まっていると、声の主はするりと壁を通り抜け、小屋の中に入って来る。

その身体は半透明で、実体が無いことが窺《うかが》えた。見たところ、六歳くらいだろうか。そばかすの印象的な子どもが、ふよふよと浮かんでニコラたちを見下ろしていた。

「……もー何だよ幽霊かよ、ビビったぁ」

シャルがそう言って、盛大にため息を吐く。幽霊だと分かった上で安堵するというその反応は如何《いかが》なものかと思うが、まあ祓い屋として、気持ちは分からないでもない。

『えっ、おねーさんたちみんな、リラのことがみえるの？　もっと変なの！』

きゃらきゃらと笑う子どもは、どうやら少女らしい。リラというらしいその幽霊は、楽しげな笑い声と共にくるりとその場で一回転してみせた。エマが「上手なターンですねぇ」と微笑めば、少女は得意げに笑った。

ふわりと揺れる少女の服装は、簡素なワンピースだ。恐らく平民だろうと分かる。自分の名前をしっかり覚えていたり、生前の姿形を留めているあたり、亡くなったのは最近のことなのだろう。

「ねぇリラ。さっき、お姉さんたちが変だって言っていたのは、どうして？」

ニコラがそう尋ねると、リラはこてんと首を傾げる。

『おねーさんたちが、リラのこと、みえてるから？』

シャルが苦笑して、「うんうん、そうだなあ。それも変だなー」とその言葉を肯定する。それからもぞもぞと起き上がると、リラに目を合わせて言葉を続けた。

「でもリラはさ、その前にも変だなっーて言ってただろ？　それはどうしてだ？」

シャルの問いかけに、リラはぱちくりと目を瞬き、それからにっこりと笑った。

『だってね、人さらいのおじさんたちにつかまってるのに、おねーさんたち、ぜんぜん恐そうにしてないから！』

「…………」

なるほど。囚《とら》われの身ながら、全く怯《おび》えていないニコラたちの様子を変だと思ったらしい。

『ねぇねぇ、おねーさんたちは、どうして恐くないの？　リラたちみんな、ここでずーっと泣いてたよ？』

ニコラたちはその言葉に、無言で顔を見合わせた。

少なくとも、過去に子どもが複数人、攫われてここに閉じ込められていたのだろう。そして、売られた先で死んだ子どももでいるのだ。何ともやりきれない話だった。

きっと、その子どもたちに、助けは来なかったのだろう。リラに対して「助けが来ることが分かっているから余裕でした」などとは、言えるはずもなく。どう答えたものか悩んでいると、エマが口を開いた。

「お姉さんたちは、リラちゃんたちよりずっと大きいから、平気なふりをしてるんですよう。誰も見ていなかったら、きっと恐くて泣いちゃいます。リラちゃんたちと一緒ですよ」

そう言って、エマはリラに向かって微笑んだ。リラは少しだけ目を丸くすると、『そっか！』と納得した様子で元気よく笑う。

ニコラは縛られたままの足を動かし、リラの方へ近付いて目を合わせた。

「リラはさ、どうしてここにいるの？　何か気になっていることがあるなら、手伝うよ」

死後、幽霊になってしまうのは、この世に何かしらの未練があるからだ。可能なら、それを解決して成仏させてやりたい。

ニコラがそう思って尋ねれば、リラは『ほんとうに⁉』と顔を輝かせた。それから、小屋の中を見回して言う。

『えっとね、ここに連れてこられた時にね、おかあさんの指輪がなくなったの。だからリラね、ときどき、ここに探しにもどってくるの』

リラはそう言って、困ったように眉を下げる。ニコラは「そっか」とだけ呟いて、一度口を閉じた。それから、ゆっくりと息を吸う。

「分かった……じゃあリラ、ちょっとだけ待ってて」

ニコラは視線を周囲に巡らせると、尺取り虫のように床を這いずっていく。その先にあるのは、部屋の隅に置かれた木箱だった。探し物ということであれば、まずは手足を縛る麻紐を切らねば何も始まらないからだ。

近寄ってみれば、案の定、木箱は古く角は良い感じにささくれ立っている。

ニコラは後ろ手に縛られた手首の麻紐を一点集中で擦りつけ、どうにかこうにか切れ目を入れていく。摩擦によって、紐と手首も擦れてヒリヒリと痛むが、我慢出来ない程ではなかった。

そうして、無心でその作業に集中しているうちのこと。ふと、視線を感じてニコラは顔を上げた。見れば、シャルが呆れたような目でこちらを見ている。

「……何？」

ニコラが手を止めずに尋ねると、シャルは小さく息を吐いた。

「なー、お前さあ。人攫いの連中がこっちの部屋に入って来たら、どうすんの？　この中で、お前が一番価値を低く見積もられてんだって。妙な真似なんかしてないで、大人しくしてろよ。生きている自分をまず優先しろって」

シャルの言葉に、ニコラは一瞬だけ動きを止める。だが、すぐにまた手を動かし始めた。ニコラは小さく苦笑して、言葉を返す。

「別に探してあげるくらい、バレなきゃ大丈夫でしょ。……あんたの言い分が正論なのは分かってるよ。でも私のイデオロギーはさ、逆・年功序列なんだもの、仕方がない」

そう言って、あとは黙々と作業を続ける。シャルは縛られた腕のまま器用に肩を竦め、やはり呆れたようにため息を吐いた。

「……オレは手伝わないからな」

「いいよ、お姉さんの側にいてあげな」

「…………せめて足の縄は解くなよー」

「はいはい、分かってるよ」

後ろ手に縛られているおかげで、手ならば咄嗟《とっさ》に隠しようもあるだろう。だが、足まで解いてしまっては、言い逃れは出来ない。ニコラは素直に頷《うなず》いて、麻紐を切る作業に専念した。

◇

やがて、体感で五分も奮闘すれば、その作業は終わりを迎えた。ニコラは両手の拘束を解くことに成功し、大きく伸びをする。

そんなニコラの様子に気付いたリラが、ぱあっと顔を輝かせて駆け寄ってきた。リラはニコラの前にしゃがみ込むと、期待に満ちた眼差しを向けてくる。

『あのね、青い石がついた、ぎんいろの指輪なの』

リラによると、この小屋で目を覚ました時には、既に指輪は無くなっていたらしい。売られた先で死んだらしいリラは、時折この小屋へ探しに戻って来ているとのことだった。

足は縛ったままなので、ニコラは手をついて膝立ちになり、手始めに木箱へにじり寄る。

蓋を開けると、そこには束ねられた麻紐が詰められていた。

他の木箱を開けてみるも、麻袋や布が入っていたり、空っぽだったりと、指輪らしきものは見当たらない。どちらかというと、誘拐に用いる道具入れといった印象だった。

一応、部屋の隅に置かれた樽《たる》の中身や、すっからかんの棚を検《あらた》めてみるも、残念ながら指輪は見つからない。

指輪を探し始めてからしばらく経ち、部屋の中には沈黙が落ちた。リラは少しだけ不安そうな表情を浮かべて、こちらを見上げている。

「エマさんも手伝えたらいいですけどねえ……」

「いやいや無理でしょ。ねーちゃんの視力じゃ厳しいって」

シャルがそう言って首を振る。確かに、眼鏡をかけてやっと朧げなエマの視力では、小さな物を探すには向かないだろう。

それに、部屋も薄暗さを増していくばかりだった。壁板の隙間から差し込む光も、橙《だいだい》から赤へと色を変え始めている。陽《ひ》が落ちてしまえば、ニコラの視力でも探すことは難しくなるだろう。足を縛ったままではいちいち移動に制限がついて、時間のロスも大きかった。

もういっそ、自分の姿の式神を出して、麻紐で式神の手足を縛ってしまおうか。

ニコラ自身に隠形《おんぎょう》の術をかけて姿を消してしまえば、足を縛り続ける意味もなく、自由に動けるようになる。

そんなことを考えて、そっとポケットへ手を忍ばせ——ニコラはその時ようやく、ポケットの中身が空っぽになっていることに気付いた。

「……あぁ、なるほど」

ニコラは思わず片手で顔を覆う。何故こんな単純なことに気付かなかったのか。

冷静になれば分かることだった。攫われて来た人間が、ポケットに果物ナイフでも忍ばせていたら事である。持ち物はあらかじめ、全て没収されていたのだろう。

妙な形の紙ぺらでさえ取り上げられているのだから、用意周到なことだった。道理で攫って来た人間をほったらかしにしているわけだと、ニコラは今更ながらに納得する。

シャルやエマも、ニコラの行動と表情で察したのだろう。二人の視線がリラに集中した。

「リラちゃんの指輪も、この部屋に閉じ込められる前に、没収されていたのかもですねえ」

「だとしたらまあ、この部屋には置いてないだろーな」

ニコラは無言で、部屋に一つしかない扉を見遣る。あるとすれば、あの扉の向こう。人攫いたちの出入りする隣の部屋だろうか。

シャルの言葉に同意するように、ニコラは小さく息をつく。

『……じゃあリラの指輪、あっちの部屋にあるかもしれないの？』

不安と期待が綯《な》い交ぜになった表情で、リラはそう尋ねた。

シャルは肩を竦め、ため息交じりに言葉を返す。

「あるかもしれないし、ないかもしれねーぜ。あんま期待はしすぎんなよー」

ニコラもまた明言は避けて、リラの頭を撫でる。それから、腕だけを使って足を引きずり、扉へにじり寄った。

扉は木製で、分厚くはなく板戸に近い。荒屋に似つかわしく、小さな虫食い穴があちらこちらに空いていた。内側に取っ手はなく、鍵穴もない。外側から閂《かんぬき》をかけるだけの造りだろうか。

板戸に身を預け、大きめの虫食い穴を覗き込めば、隣室の様子は容易に窺えた。

隣室には窓があるようで、こちらの小屋よりはまだ断然明るい。室内には男が三人いて、うち一人は祭りでニコラとジェミニにぶつかった男だった。

部屋の中央に粗末なテーブルが置かれ、男たちは酒瓶を片手に何かを選別しているらしい。

「ったく、金になりそうなモンはねーのかよ」

赤ら顔の小太りの男が、苛立たしげに机上を叩《たた》く。

「ガラクタばっかかじゃねェか。こんなゴミを持ち歩いて、何になるんだか」

祭りでぶつかった男が、式神の紙を摘み上げながらそう吐き捨てる。どうやら、彼らはニコラたちの持ち物を売り払うために選別しているようだった。

三人目の小男が、ため息まじりに黒瑪瑙のネックレスと孔雀石のブレスレットを拾い上げる。先ほど露店でニコラが見繕った天然石のものだ。

小男はその二つだけ分けて別の木箱に入れると、それ以外のものは全て麻袋に入れて床に放ってしまった。

「それにしても、この木箱もだいぶ埋まって来たぞ、そろそろ売り時じゃあねえか」

小男はそう言って、木箱を振って中身を覗き込む。そして中身をざっくり鷲《わし》掴むと、乱暴に机上へとぶちまけた。転がり出たのは、それはもう雑多な品物の数々だ。

じゃらじゃらと音を立て、アクセサリーやロケット、ブローチ、ベルトやリボン、香水など、様々な品物が机の上に散らばる。そして、それらの中には、キラリと光る銀色の指輪があった。

『あれ！　リラの、おかあさんの指輪はあれなの！』

リラがするりと扉をすり抜け、指輪に飛びつく。しかし、あと一歩というところで、指輪は男の手によって取られてしまう。赤ら顔の男はリラの姿になど目に映さずに、適当に手に取った指輪の内側を眺め、やがて忌々しそうに舌打ちをした。

『リラの指輪かえして！　かえして！　それリラの！』

「チッ、銘が入ってやがるな、めんどくせぇ。石だけにするか」

赤ら顔の男はそう吐き捨てると、指輪を握り込んだまま立ち上がる。それから手近な抽斗《ひきだし》から錆《さ》びた金槌《かなづち》を持ち出すと、指輪の上で振りかぶった。

リラは愕然《がくぜん》と目を見開いて、唇を震わせる。リラは指輪に手を伸ばすが、その手は虚《むな》しく空を切り、男をすり抜けてしまう。

『やだやだやだ！　やめて！』

その悲痛な叫びに、ニコラの身体は考えるより先に動いていた。後先も考えずに、ニコラは上半身を扉に叩きつけ、何度も何度も体当たりをする。

「あーもうバカ、ほんとバカ……！」

背後でシャルが悪態をつくのが聞こえるが、構わずに扉に体をぶつける。そうして何度か繰り返すうちに、ドカッと背後で轟音《ごうおん》が響き渡った。扉が壊れたのだ。そう思い、ハッと背後を振り向く。

だが何故か、板戸は変わらず閉まったままだ。

扉の向こうからは、怒号とガラスが割れる甲高い音、ドサッと何かが倒れるような音が聞こえ、やがてすぐに静寂が訪れた。

カタン、と閂《かんぬき》が外される音がする。

ニコラは両手を床について、扉から距離を取るようにゆっくりと後退《あとずさ》った。板戸がギィィと軋みながら開き、薄暗い室内に光が差し込む。逆光の中に佇《たたず》む影が、ゆらりと動いた。ニコラは息を呑み身構えて、そして――。

「ニコラ」

低い声に名を呼ばれる。それはいつもの甘さの欠片もない、明確な怒気を含んだ声だった。ニコラは冷や汗を流し、ぎくりと肩を強張らせる。

ジークハルトは一歩ずつこちらへ歩み寄ると、ざっと小屋の中を見回した。そして、シャルとエマの縛られたままの手足に目を留めて、それからニコラの自由になった腕を見た。

無言のジークハルトの手によって、あっさりと足首の麻紐が切られる。

「あ、あの、これは」

「言い訳があるのなら聞こうか」

冴《さ》え冴《ざ》えとした紫水晶の双眼に見下ろされ、ニコラはひゅっ、と喉を鳴らした。

幼馴染の視線はまるで氷のように鋭く冷たくて、それでいて、その奥に燻《くすぶ》る怒りはマグマの如く煮えたぎっているように見える。ニコラは盛大に目を泳がせた。

「いやあの、えっとその、エマさんとシャルはブロンド系の髪で、人攫いが求めていたターゲットらしいので……私がちょっと勝手をしても、エマさんたちに危害は加えられないと、思っ、て、その…………」

「へぇ、そう」

返答を間違えたと気付いたのは、さらにぐんと体感温度が下がったからだった。今や室内の温度は完全に氷点下である。

ジークハルトの凍てつくような冷たい怒気が肌に突き刺さり、ニコラはひぇっと竦み上がった。

「じゃあ、ニコラはそれを分かった上で、無鉄砲にも自分の身を危険に晒《さら》したわけだ。自分が彼らに価値を低く見積もられているのだと、きちんと理解した上で、ね」

氷の微笑とはまさにこのことだろう。美しいその笑みは、けれど絶対零度の冷たさを孕《はら》んでいて、直視出来ずに視線を逸らしてしまう。

しかし、ここで引いてしまえば余計に状況が悪化すると、なんとか言葉を探した。

「だって……だってあいつらが、リラの指輪を、壊そうとするから……」

うろうろと視線を彷徨わせながら、ニコラは唇を噛む。

気付けばアロイスとエルンストによって拘束を解かれていたシャルが、「あ、リラっていうのは、過去に攫われた子どもの幽霊ね」などと注釈を入れる。

ジークハルトはため息交じりに「そんなところだと思っていたよ」と呟いた。

「あー、その……お説教が終わるまで外にいるよ」

アロイスたちはそう言って、「そそくさと」逃げる。小屋の中には、ニコラとジークハルトだけになってしまった。

気まずい沈黙が流れる中、ジークハルトは小さく嘆息すると、静かに怒気を収めた。

「ニコラの優しいところは、確かに美徳だよ――けれど、相手は死者だ。生きているニコラと同じ天秤《てんびん》には、載せるべきじゃない」

諭すような声音はどこまでも淡々としていて、けれど冷たく突き放す響きを持っていた。

「そんな言い方っ！　だったら、見て見ぬ振りをすべきだったとでも言うんですか」

ニコラはつい感情的になって、声を荒らげる。

だってニコラの目には、その存在がはっきりと視えているのだ。誰の目にも映らない彼らの声を、視えている人間が尊重してやらなくてどうするというのか。

だが、ジークハルトは眉一つ動かさないまま、静かな声で告げた。

「それでも、死者は死者だ。これ以上死ぬこともなければ、怪我をすることもないんだよ。ニコラとは違う」

ジークハルトはニコラの手を取ると、手首に出来た擦り傷に顔を歪める。

「ニコラは昔から、自分自身を大事にすることが下手だね。お願いだから、それを自覚してくれないかな。不思議な力を持っていても、君は強くない」

「……暴力には、勝てないだけです」

反発するように、ニコラは唇を引き結んで顔を逸らす。

ジークハルトは困ったように眉尻を下げた。

「ちゃんと分かってるよ。確かにニコラは、暴力じゃなかったら、そんなに弱くない。でもね」

「…………」

「こんなふうに力を入れられたら、ほら。ニコラは何にも出来ない」

ジークハルトは縛られていた箇所より少し下の手首を摑んで、きゅっと力を込めた。痛くはない。けれど、振り払うことも、動かすことも出来なかった。

「このまま押し倒すことだって、きっと簡単だ」

耳許《みみもと》で囁かれる声は、いつもよりも低く掠《かす》れていて、その吐息にぞくりと背筋に震えが走る。それでも、嫌悪感なんて微塵《みじん》も抱けていない自分に気付いて、場違いに染まる頬が悔しい。

ジークハルトは困ったように笑うと、ゆっくりと手を離した。そのまま離れていくのかと思えば、今度は壊れ物でも抱くように、ふわりと腕の中に抱き込まれる。

「私が側にいる時は、私がニコラの分まで、ニコラのことを大事にするよ。でもせめて、私が側にいない時は、自分の命を、身体を、何よりも優先して」

それは、懇願するような響きだった。だから、ニコラはそれ以上何も言うことが出来なくなって、ぐっと黙り込む。

ジークハルトの言い分が正しいことくらい、本当は最初から分かっているのだ。

幼馴染がニコラに対して怒る時、それはいつだって正論だ。ニコラは観念したように、ジークハルトの腕の中で小さく首肯する。ジークハルトは安堵したように微笑むと、ニコラを抱き締めていた力をふっと緩めた。

ふと、視線を感じて見上げると、両手を頰に当てるリラと目が合う。

ニコラはハッとして思わず頰に朱を走らせた。慌ててジークハルトを押し退けるように腕を伸ばし、距離を取る。

ニコラは頬に集まった熱を振り払うように頭を振ってから、気を取り直すように咳払《せき》いをする。

それから、恐る恐る問いかけた。

「ねぇリラ、指輪は……？」

すると、リラは銀色の指輪を掲げ、にっこりと笑った。

『おねーさんと、おにーさんたちのおかげで、こわされなかったよ！　ありがとう！』

リラは満面の笑みで礼を言うと、指輪を大事そうにポケットへ仕舞い込む。

『ばいばい、おねーさん！　リラ、みんなのところにもどるね』

そう言って駆けて行くリラの後ろ姿に、ニコラはきょとんと目を瞬く。思わず「え、成仏しないんかい」と呟きかけて、それから思い直すように苦笑した。

よくよく考えれば、何も未練が一つとは限らないと気付く。あの幼さで死んでしまったのだ。やりたいこともたくさんあったに違いない。

その心残りの一つでも解消出来たのなら、まぁ良しとしよう。

6

小屋を出れば、既に人攫いたちは縛り上げられて転がされていた。エルンストがそれを、何やら町人風の衣服を纏《まと》った人間たちに引き渡していて、ニコラは首を傾げる。

するとアロイスが近寄って来て、苦笑しながら答えた。

「彼らは民衆に紛れて僕を護衛してくれていた、騎士たちだよ。念の為の人攫い対策だったけど、まさか本当に人攫いを捕らえることになるとはね」

そういえば列車の中で、一応周囲に護衛が紛れていると言っていたか。ニコラはぽんと手を打った。言われてみれば、祭りの人混みの中で見かけたような気もする。

「……あの人攫いたちは、どうなるんですか」

ふと気になって尋ねれば、アロイスは小さく肩を竦めた。

「ルーデンドルフ侯爵に引き渡すことになるかな。領主には、ある程度の自治を認めているからね。彼らのような犯罪者を裁くことも、領主の職務の一環だから」

「そう、ですか」

せいぜい正しく裁かれてしまえと、ニコラは人攫いたちを睨む。何にせよ、ニコラが彼らに関わることは、もうないだろう。

ふと視界の端に見慣れた色彩を捉えて、ニコラは視線を肩の上に向ける。そこにはいつの間にか一羽の鴉《からす》が乗っかっていて、誇らしそうに胸を張っていた。

「あぁ、ありがとう、ジェミニ」

労ってやれば、鴉の姿はしゅるりと解け、やがていつものまん丸に戻る。それから、肩の上でもよんと跳ねた。

見上げれば、空には薄らと星が瞬き始めていた。

祭りの喧騒は聞こえるものの、どこか遠く感じられる。エマが推測していた通り、小屋は街の中心地からそう離れてはいない、湖の畔に建っていたらしい。明かりが灯り始めた街並みが遠目に見え始めていた。ふわりと風が吹いて、湖面が揺れる。

「そろそろ時間ですねえ」

のんびりとしたエマの声に促されて街の方角を見れば、ぽつり、またぽつりと小さな光が空へと昇っていくところだった。群青と菫《すみれ》色が混ざり合う空に浮き上がる光は、一つ、二つと数を増していく。その様は言いようもなく幻想的で、思わずニコラの口からため息が零《こぼ》れた。シャルもぽかんと口を開けて、その光景に見入っている。

「日中との温度差で、湖に向かって風が吹き始めたら、天燈《ランタン》を上げる合図なんだって」

ジークハルトがそっとニコラを腕の中に閉じ込めて、楽しげに囁いた。

秋も深まりつつある季節の、夕暮れ時だ。ニコラは肌寒く感じ始めていたために、不本意ながら、振り払うのを止めて湖を見つめる。

「綺麗《きれい》だね」

「……はい」

空に舞う光の粒は、ゆらゆらと揺らめき、まるで星々が地上に降りてきたかのようだ。湖面もまた煌《きら》めく天燈によって照らされ、まるで湖全体が光っているように見えた。

アロイスは今回の旅を〝私情〟と評したが、ニコラはなるほど、と納得する。光の祭典を謳《うた》うこの景色なら、視力の悪いエマでも楽しめるからこそだったのだろう。

「ジーク、ニコラ嬢、エルン。僕らもこの場所から、オリヴィア嬢の天燈を打ち上げようよ」

アロイスが微笑んで呟いた。ニコラは小さく頷いて、ジークハルトの腕から抜け出す。それから

ジークハルトの手を引いて、アロイスの元に集《つど》った。

アロイスがリューネブルク侯から手渡された天燈は、組み立ててみると案外大きい。

下部だけ空いた袋状の筒は、ニコラが腕を広げても一周出来ないほどだ。下部には骨組みが渡してあって、中間に油を浸した紙を固定し、燃焼させるらしい。

何でも、火を灯して温めることによって天燈内の空気の密度が小さくなり、天燈の重さを浮力が上回ることで浮かぶのだそうだ。

エマとシャルにも手伝ってもらいながら天燈を組み立て、完成したものを、ニコラ、ジークハルト、エルンストで支える。最後にアロイスが点火し、天燈に火を入れれば準備は完了だ。

湖に向かって一際強い風が吹いた頃合いを見計らい、四人は天燈を持ち上げ、手を離す。そうすれば、オリヴィアの天燈は夕空に吸い込まれるように、ふわりと浮き上がった。そして、ゆっくりと高く、空へと昇っていく。――願わくば、安らかに。

光の粒が、ゆっくりと高度を上げながら湖面を渡っていく。他の天燈と共に湖の上を舞うそれは、神秘的で夢のような光景だった。

どれぐらいの間、その光景を見つめていただろうか。オリヴィアの天燈が空高く昇りきり、見え

なくなる頃、アロイスが呟いた。

「……さあ、そろそろ宿に戻ろうか」

皆、名残惜しそうな表情を浮かべながら、アロイスの言葉に同意する。

ジークハルトたちは攫われたニコラたちの救出にあたり、街で馬を借りてきたらしい。そのため、帰路は馬に二人ずつの相乗りとなった。組み合わせは何故か自然と、アロイスとエマ、ジークハルトとニコラ、エルンストとシャルになる。

ニコラはジークハルトに後ろから抱えられる形で、馬の背に跨《また》がった。ニコラはジークハルトの腕の中にすっぽりと収まりながら、空に舞う光の粒と瞬き始めた星を見上げる。

秋の日暮れは早い。時刻はまだ六時を回っていないということで、特に急ぎの帰り路というわけでもないらしい。一行はゆったりと馬を歩かせた。

ニコラはぼんやりと天燈が舞う夜空を見上げていたが、やがて淡く光る指輪の燐光《りんこう》に導かれるように、手綱を握るジークハルトの手に視線を落とす。

ペン胼胝《だこ》や剣まめが目立つ、節のぼこぼこした手だ。どこもかしこもお綺麗な幼馴染の、唯一歪《いびつ》なところでもある。

ジークハルトを振り返ることはせずに、ニコラは前を行くアロイスとエマに視線を送った。二人は楽し気に会話をしていて、時折笑い声も聞こえる。その光景に目を細めながら、ニコラは少しだけ躊躇《ためら》いがちに、口を開いた。

「……ジークハルト様は、一番最初、どうして私に求婚したんですか」

ジークハルトが初めてニコラに求婚したのは、それはもう随分と昔のこと。まだ、幼いと言って差し支えのない年齢だった。当時、ジークハルトは何を思って、ニコラと結婚したいなどと思ったのだろう。

唐突な質問に、ジークハルトが「やっと私にも聞いてくれた」と背後で笑う気配がする。まぁ、今日一日、祭りの中で色んな人間に質問していたのだから、当然と言えば当然だろう。

隠し通せるわけもない。

ジークハルトの腕の中にいるニコラには、ジークハルトの顔は見えない。けれど、ジークハルトの表情は何となく想像がついた。

「あの頃は幼かったから。一番最初と言われると、凝った答えじゃないけれど」

ジークハルトの声音はとても穏やかだ。その声に、ニコラの心も凪《な》いでいく。ジークハルトの言葉に耳を傾けながら、ニコラは静かに目を閉じた。

「ニコラがいない未来を想像出来ないことに、気付いたんだ。十年後のこと、来年のこと、一週間後のこと、明日のこと。何を考えても、隣にニコラがいたんだ。だから求婚した。ほら、単純だろう?」

ニコラはその言葉を聞いて、ゆっくりと瞼《まぶた》を持ち上げる。なんだ、そんなことかとさえ思えて、ニコラはくしゃっと顔を歪めた。だって、そんなことなら、ニコラにだって覚えがあるのだ。

家族になら、なれると思った。なりたいと思った。

目を離せばすぐに彼岸《ひがん》へ渡ってしまいそうな、世話の焼ける子ども。それが、いつしか隣にいると心が落ち着き、信頼をおける存在になっていた。勝手にどこかで取り殺されるのも腹が立つし、だったらずっと目の届く所にいてくれとさえ思う。

ジークハルトはいつの間にかニコラの心の内側にいて、それは十年後も二十年後もきっと変わらないだろうと、そう思ったから、一度は婚約を受け入れた。

エマは、この気持ちが恋であればいいなと思うなら、それは恋だと言った。

だったらもう、この感情は恋でいいだろうか。そうすれば、後ろめたさなど感じずに、もっと素直に向き合うことが出来るだろうか。

ジークハルトの腕の中に収まったまま、ニコラは静かに空を見上げる。

空に舞う無数の光の群れは、徐々に高度を上げていく。やがて一筋の束となって、ふわり、ふわりと、ゆっくりと街から離れていった。

7

「綺麗な祭りだったなー」

シャルはぐーっと伸びをして、部屋のバルコニーから夜空を見上げ、本心からそう呟いた。

それは一応、同意が返ってくることを期待した呟きだったのだが、ニコラは室内から「湯冷めするよ」とだけで素っ気ない。寒がりな姉弟子は、湯上がりにバルコニーに出て来てはくれないらしい。

つい先程までシャルたち三人は、あまり衛生的とは言えない荒屋に転がされていたのだ。夕食より先に湯浴《ゆあ》みをさせてくれと主張して、今はようやくひと心地ついたところだった。

女子に充てがわれた部屋には現在、シャルとニコラの二人しかいない。エマは「何か飲み物を貰ってきますね」と言って、部屋を出て行ったきりだった。隣室からは、アロイスたちの笑い声が微《かす》かに聞こえてくる。

湖にせり出す形のバルコニーは暗いが、明かりが灯った街並みがよく見えた。適度に遠い街の喧騒もまた心地良い。ピークを過ぎたとはいえ、未だ天燈はぽつりぽつりと空に浮かんでいて、祭りの余韻を残している。

ぼんやりと景色を眺めていたシャルの耳に、か細い声が届いた。

「……エマさんまで、危険に晒してごめん」

シャルはバルコニーの柵に肘を置いて頬杖《ほおづえ》をつくと、横目でちらと視線を送る。

窓辺に立つニコラは、感情が読み取りにくい表情をしていた。けれど、ほんの少しだけ眉尻が下がっている。シャルはため息を吐いて振り返り、「本当にね」と肩を竦めた。

「ま、いーけどさ」

最悪の場合は、隠形の術で身を隠すという手も一応あって、お互いにそれは念頭にあったのだ。それが分かっているからこそ、シャルもニコラの無謀を容認したところはある。元よりそれほど怒ってもいなかった。

ニコラはシャルの言葉を聞いて、安堵したように小さく笑った。

「エマさんのこと、大事にしてるんだ」

僅かに揶揄《からか》うようなニュアンスを含んだその言葉に、シャルは思わず目を瞬く。それを素直に肯定するのはどうにも面映《おもはゆ》く、だが否定するのも違う気がして、シャルは苦笑した。

「……うん、まーね。たった一人の家族だかんね」

エマとシャルは父親違いの姉妹だった。

母親はエマの父との死別後、ローゼンハイム侯の屋敷に住み込みで働いていたらしい。そして侯爵のお手付きにされ、シャルを宿したという。

やがて侯爵夫人によって追い出された母親は、劣悪な環境の中でシャルを産み、身体を壊したらしい。らしい、というのは全てエマからの伝聞なのだから、仕方がない。

シャルはバルコニーの手すりに凭《もた》れかかって、夜空を見上げた。

「……今世の母親が死んだ時点で、オレまだ二歳でさ。いくら中身が大人でも、二歳の赤子じゃ働き口もないし、金がなきゃ生きていけねーじゃん？　正直、そのまま餓死して死ぬかと思った」

実際問題、母親を亡くしてからは本当に飢えていたのだ。エマともども路地裏で野垂れ死にする寸前で、その記憶は今でも鮮明に残っている。

「ねーちゃんだって、その頃はまだ六歳かそこらのガキだったしさ。お荷物のオレなんか捨てて、自分だけで生きてった方が生存率も上がるじゃん？　だから、正直にそう言ってやったんだよね、『オレの中身は大人だし、オレは自分で何とかするから、オレは置いて行っていーよ』って」

その時のことを思い出すと、シャルは今でも笑えてくる。

二歳の赤ん坊の口で、それはもう流暢《りゅうちょう》に喋って見せたのだ。それはさぞ不気味な光景だっただろう。

得体の知れない化け物のように見えたに違いない。

「そうしたらさぁ、ねーちゃん何て言ったと思う？」

シャルはくつくつと喉を鳴らしながら、ニコラを振り仰いだ。ニコラは答えずに、ただシャルの言葉を待つように、じっとこちらを見つめる。

そんなニコラを見返して、シャルは当時を懐かしみながら、口角を上げた。

「『とりあえず、これからはロッテちゃんじゃなくて、シャルくんって呼ぶ』だってさ。これからは、って、これからも一緒にいる気かよって。中身が男なのも、受け入れるのかよって。……ほんと、参るわ」

シャルはバルコニーの柵に肘を置いて、頬杖をついて苦笑する。

「そんで、小さいうちから奉公に出て、本当にオレが日銭を稼げる年齢まで養ってくれちゃうわけ。自分だって遊びたい盛りの、本物のガキなのに、こんな得体の知れない人間をさぁ」

当時、本当にエマから見捨てられていたならば。働き口もない赤子が一人では、どう足掻《あが》いても生きてはいけなかっただろう。

いくら前世の記憶があったとしても、どうにもならないことはある。その〝どうにもならないこと〟を、エマがどうにかしてくれたのだ。

「……悔しいけど、オレは当時たった六歳のねーちゃんに、命も精神も救われたんだよな。だからほんと、頭が上がんないの」

「そっか。エマさん、優しいね」

「優しすぎて、心配になるわ」

シャルはバルコニーの柵に凭《もた》れかかりながら、空を見上げる。いつの間にか湖上には月が出ていて、街の明かりや天燈に負けじと輝いていた。

まだ湿っているシャルの亜麻色の髪を、湖風が悪戯に揺らしていく。エマと揃いの、昔は金色だった髪だ。幼少期の金髪は、成長するにつれ色が変わることも珍しくはなかった。

隣の部屋にいるであろう、金髪にエメラルドの瞳を持つアロイスの容姿を思い出して、シャルは深々と息を吐く。エマの瞳の色はオリーブ色、要は、緑系統の色だ。

大方、命を狙われた金髪翠眼の王子の身代わりにでもなって、エマは怪我を負ったのではなかろうか――そんな想像が簡単にできてしまう程度には、自分の幸福は二の次で、他人を庇うような姉なのだから、頭が痛い。

そして、不器用なまでに優しいというのは姉弟子も同じだった。シャルは目を細めて、苦笑する。

「……なーんでオレの身内ってこう、お人好しばっかなんだろ」

シャルはため息と共に、手すりに体重を預ける。そうして視線を湖上へと向けた。

だがまぁ、少なくとも姉弟子は自分にとって、守ってやらなくてはならない人間ではない。どちらかというと、背中を預けてもいいと思える姉貴分だった。

それに、その姉貴分のことを守る役目は、もう別の人間が担っているらしい。その事実に少しだけ胸が温かくなるのを感じながら、シャルは小さく笑った。

「お前、あの超絶美形のおにーさんのこと、手放すなよー」

揶揄うようにそんなことを言えば、ニコラは「……うるさい」とぶっきらぼうに呟いた。どうやら照れているらしい。きっと今頃は、シャルの背中を睨んでいるのだろう。

その様子が容易に想像できて、シャルはまた笑ってしまう。

「……あんたはこれから、どうするつもりでいるの。侯爵令嬢な時点で、結婚からは逃れられないでしょ。出奔でもするの」

振り返れば、真剣な表情をしたニコラがこちらを見つめていた。どうやら姉弟子なりに、本気で心配してくれているらしい。

シャルはそんな彼女の様子に苦笑しながら、軽く肩を竦める。

「んー、一応、貴族ではいたいなとは思ってるよ。だって楽じゃん。それに、もう食うのに困るのは嫌だしさ?」

貴族階級であることが必ずしも幸せとは言えないが、貴族階級にあることで避けられる不幸はいくらでもあるのである。

シャルはちらりと湖面を見下ろした。月明かりに照らされた湖水は、まるで鏡のように光っている。そこに映る自分の姿を見やって、シャルは苦く笑った。

客観的に見ても、シャルの外見は美少女だ。平民として生きていくには、色々とリスクが大きそうである。下手に美人だった今世の母親の末路を思えば、それは火を見るよりも明らかだった。

祓い屋として金を稼いで生きるという手もなくはないが、魔女狩りによる迫害というリスクも、無くはない。かといって、未来の知識でお金を稼ぐというのも、自分に可能とは思えなかった。

それに、王宮がエマをいつまでも雇用してくれる保証もないのだ。いざとなったら自分が姉を養うつもりでいる以上、リスクのある生活を選びたくはなかった。

シャルは小さく息を吐いて、バルコニーの柵に肘を乗せる。まだちらほらと飛んでいる天燈を見上げて、ぽつりと呟いた。

「……まぁ、ぶっちゃけさ。割り切った人間との、形式だけの結婚が理想かなー。いくらでも愛人連れ込んでもらってオーケーだし、愛人との間に生まれた子どもを跡継ぎにすんのも、全然問題ないね。オレ用に私室もらえりゃ何でもいーや。あ、あと、仕事はあんま出来ないかもだけど、ねーちゃんを雇い続けてくれるなら、もうほんと誰でもいい」

「無茶言う……」

シャルの言葉に、ニコラは呆れたように呟いた。シャルはそんな彼女に、へらりと笑ってみせる。実際、それは紛れもなく本心なのだ。エマが路頭に迷わなければ、それでいい。

「あー寒っ」

シャルは小さく身震いをして、バルコニーの柵から体を離す。流石に長居をしすぎたらしい。そう思い、足速に部屋の中へ戻る。

だが、室内に戻っても、何故か悪寒《おかん》は一向に治らない。むしろ、次第に酷《ひど》くなっていくような気さえするのだ。

悪寒の原因が冷え込みなどではないことに気付き、シャルは無言で眉根を寄せる。鳩尾《みぞおち》あたりがやけに騒《ざわ》ついて気持ちが悪かった。この感覚には覚えがある。本能が、警鐘を鳴らしているのだ。

ちらりとニコラを振り向けば、ニコラもまた顔を顰め、椅子から立ち上がっていた。その表情は険しく、どうやら彼女も同じことを感じ取っているらしい。

どうするべきかと互いの判断を仰ぐように、シャルとニコラは互いに視線を交わし合う。だが、二人ともすぐには答えが出せなかった。

得体の知れない何かが、こちらに近付いてきているのは分かる。けれど、それが何であるかは分からないのだ。ただ、頸動脈《けいどうみゃく》に刃物を突き付けられるような圧迫感が、刻一刻と増していくばかりだった。そして――。

突如響いたノック音に、シャルとニコラは同時に息を呑む。

ニコラに目配せして、シャルは扉の方へと駆け寄った。ニコラは険しい表情で、扉をじっと見つめている。

シャルは警戒しながら、ゆっくりとドアノブに手をかけた。そのままそっと押し開ければ、目の前には亜麻色のおさげが揺れる。

「ねー、ちゃん……？」

扉を開けて最初に飛び込んできたのは、見慣れたエマの姿だ。それなのに、何故か警鐘が鳴り止むことはなく、先程まで感じていた圧迫感はさらに強くなるばかりだった。シャルは心臓に針を刺されたように汗をかいて、喉の奥で引き攣った声を上げる。

そんなシャルの様子を不思議に思ったのか、エマは小首を傾げて口を開いた。

「ニコラさんとシャルくんに、荷物が届いていたみたいですよー。でも何でしょうこれ、何だか不思議な音がするんです」

そう言って、彼女は両手で抱えていた紙袋を差し出す。その言葉通り、確かに奇妙な音は聞こえてきた。

それはまるで、氷に常温の水をかけた時に氷が割れるような、硬い物が割れるような音だ。不規則にパキッ…………パチッ、パキパキッ、パチッ……と音が鳴る度に、加速度的に音の間隔が短くなっていく。そしてそれに比例するように香り立つ、鉄錆《さび》のような臭い。

息が上手く吸えなかった。眼球が固定されたように、ソレから目が離せない。心臓が痛いくらいに脈打ち、ドッと冷や汗が噴き出す。

「エマさんソレから手を離してください！」

「え？」

「その紙袋です！　手を離してッ……！」

ニコラの絶叫と、シャルがエマの手から紙袋を弾《はじ》き飛ばすのは同時だった。がむしゃらに振った腕が、指の先が、ソレに触れる。

――パキッ、パキパキ…………パキッ
最後に聞こえたその音を境に、今までとは比にならないほど濃密な死臭が、ぶわりと解き放たれる。赤黒い液体と、肉片と、白い骨が、凄惨な光景が、頭の中を埋め尽くす。

『う、ぅうう、いたい、いたい！　なんでなんで！　やだゃだやだ！　いたい、いだぃ！　たすけて、たすケてだすけでタすけて』

『もう帰してよぉ！　いやだ！　は、はっ、おにぃちゃん！　助けて！　助けて！　こわいの！　助けて！　お、にぃぢゃん、いたぃ、よぉ』

『もぅ許してぇ！　わがまま言わないから！　もう泣かないからぁ！　だから家にかぇして、おねが、ぁ、ァあ、あぁぁあァァあ……』

『もうやだあぁ！　ごめんなさい！　ごめんなさい！　助けて！　助けておかぁさん！　おがあさァぁん』

『ねぇ、どうして、どうして、なんで、こんなことするの⁉ なんにもわるいことしてない、のに……！　ぁ、ぁあぁぁああいたい、ぃたいいたいいたいイたいっ！』

『ひっ、ひぐっ、えっ、うえっ、ごめんなさっ、ごめんなさい、ごめんなさいっ、ごめんなさいっ、ころさなぃで、ごめんなサいごめンなさぃごめんなざぃ』

『……やだぁ！　やだやだやだ！　ぃたい、いたい！　いた、いた、いたぃいたいぃたいいいだいぃい、ぃ……ぁ、ぅ、……ぁ、あ、どぅして、どぅしてどうシてどうしテどうして』

ど

シ

う

て

？

それは、幼い子どもたちの断末魔の叫びだった。

まだ舌足らずで、幼く、拙《つたな》い、けれど悲痛に満ちた、懇願と怨嗟《えんさ》の叫び声だ。

シャルは必死に耳を塞いで、目を瞑《つむ》った。だが、目を瞑れば瞑ったで、事態は好転などしなかった。

血溜まりの中に横たわる小さな骸《むくろ》たちの姿が、くっきりと脳裏に焼き付くのだ。

虚に見開かれた眼窩《がんか》からは、血液が涙のように流れ落ちていた。

恐怖と絶望が貼り付いた表情は青白く、濁った眼球はもはや何も映してはいない。腹を裂かれて、臓物が飛び出ている骸もある。その光景を見て、理解してしまえば、もう駄目だった。

「う、ぁ……」

膨大な感情に意識を持って行かれそうになる。これは、ダメだ。気持ち悪い。

シャルは口を押さえ、その場に膝をついて嘔吐《えず》いた。やがて胃液しか出なくなってもなお、身体の奥から迫り上がってくる何かが、喉奥を刺激する。

吐瀉物《としゃぶつ》の匂いさえ、鼻腔を犯す腐臭に掻き消されるのだ。その事実に、さらに胃液が逆流する悪循環でしかない。口いっぱいに、血生臭さと胃液の酸味が広がった。

「あークソ、最悪だ……」

フーッ、フーッ、と荒い呼吸を繰り返しながら、シャルは呻《うめ》くように吐き捨てた。その視線の先には、床に落ちた紙袋から覗く、赤黒く染まった木箱が転がっている。

「………ねーちゃんとお前は、絶対これに触んなよ」

――これ〝コトリバコ〟だ。

ニコラとシャルになる前の、とある幕間

薄汚れた雑居ビルの一室。『心霊相談所』なる、泣きたくなるほど胡散臭《うさんくさ》さ満点の看板を掲げたその部屋で、黒川六花は事務机に突っ伏してスマホを眺めていた。
生憎《あいにく》と、部屋の主である師匠は外出中だった。すいすいとスマホの画面上を滑っていた指は、やがて目当てのページに辿《たど》り着くと動きを止める。

【コトリバコ】
ネット掲示版での書き込みが元になり広まった、都市伝説。2005年に投稿されてから、未だにネットで語り継がれている呪殺系怪談にして、現代怪談の金字塔の一つである――。

そんな冒頭から始まるサイトの解説文を読み進めながら、六花は深いため息を吐く。

〝コトリバコとは、漢字では『子取り箱』と書く。
舞台は島根県のとある地域。偶然、旧家から奇妙な箱を見つけてしまった投稿者たちの体験談という体で、話は進んでいく。彼らが見つけてしまった箱――それは百数十年前、子どもたちを生贄《いけにえ》

にして作られた最強の呪物「子取り箱」だった。

話は、明治元年頃にまで遡《さかのぼ》る。

隠岐騒動の「反乱を起こした側の一人」という男が、酷《ひど》い差別と迫害を受けて困窮している集落へと逃れてきた。集落の人間は、これ以上の厄介事を抱えたら迫害がさらに酷くなると考え、男を殺そうとする。

だが、男は「命を助けてくれたら、武器をやる」と取引を申し出た。そして、その武器というのが、他ならぬ『コトリバコ』の作り方だったという。


コトリバコで呪いをかけるまでの一連の流れは、下記のようになっている。
・ちょっとやそっとじゃ開けられないような、複雑に木の組み合わさった箱を作る。
・その木箱の中を、雌の畜生の血で満たして、一週間待つ／そして、血が乾ききらないうちに蓋をする。
・箱の中に間引いた子どもの体の一部を入れる。
※ただし、子どもの年齢によって入れる部位が異なる。（産後間もない場合はへその緒・人差し指の先・はらわたを絞った血／七つまでの子は、人差し指の先と、そのはらわたから絞った血／十までの子は、人差し指の先）
・呪いたい相手の家に送りつけるか、暗く湿った場所に安置する。

そうして完成したコトリバコの呪いは、妊娠が可能な年齢の女性と子どもだけに威力を発揮する。

そして、コトリバコに触れるのはもちろんのこと、箱の周囲にいるだけで、箱を見るだけで徐々に内臓が千切れ、最終的に死に至ると言われている。

迫害を受けていた地域の庄屋《しょうや》にコトリバコを上納したところ、庄屋にいた女性と子どもは血反吐を吐き、苦しみ抜いて死んだという。コトリバコの脅威は周辺地域にも知れ渡ることとなり、集落への迫害や干渉は一切なくなったそうだ。

しかし、呪いはあまりに強すぎた。

時間が経過しても呪いの効果は衰えを知らず、唯一効果を薄めるためには神社や寺などに長期間「安置」させて少しずつ清めるしか方法がないとされている。ネット掲示板の投稿者たちが見つけてしまったその箱は、過去の負の遺産だったのだ。


以上がコトリバコの概要である。

現在もコトリバコが存在しているのかどうかは定かではないが、この話が事実なのであれば、今もひっそりとどこかの神社や寺に保管されているのかもしれない――〟


そんなふうに締めくくる解説文を一通り読み終えて、六花はスマホを机に置いた。椅子の背もたれに体重を預けると、ぎしりと軋《きし》んだ音を立てる。

『集落に隠された因習と謎についての恐怖譚《たん》』というストーリーラインは、確かに興味深いものではある。

幽霊などの怪奇現象が語られるわけではないが、箱に纏《まつ》わる痛ましくも悍《おぞ》ましい物語は、読み物としては高い完成度であるといえるだろう。コトリバコを題材にした映画もあるようで、知名度もそこそこあるようだった。

六花はもう一度、深々とため息を吐く。すると、背後からもうひとつため息が重なった。

事務所の主である師は、今はいないのだ。必然的に、ため息の主は弟弟子であると分かる。

「マジでどの局も、こればっかかやってんね……」

テレビをザッピングしている弟弟子の声には、うんざりとした響きがあった。

画面には『連続児童誘拐殺人事件』のテロップが踊る。つい最近まで、連日のように報道されていた事件だ。被害者は六歳の女児、四歳男児、八歳男児、九歳女児の計四人。

容疑者として逮捕されたのは無職の男で、〝動機は不明〟――表向きには、そういうことになっていた。

『警察の初動捜査に問題があったのではないかと、私は思いますがねぇ』

テレビから漏れ聞こえるコメンテーターの発言に、弟弟子は「警察が叩《たた》かれてんの、ちょっとかわいそー」と笑う。

「特殊性癖の前科者から洗ってたら、そりゃ辿りつけねーって。〝ネットの創作怪談を間に受けて、コトリバコを作ろうとしました〟なんてイカれた動機、普通は思いつけないわ」

「……本当にね」

実際、この事件の犯人を先に発見したのは警察ではなく、祓い屋の同業者だったらしい。

女性と子どもが立て続けに体調不良を訴える地域があり、その土地に住む信心深い老人が「祟《たた》りかもしれない」と祓い屋に依頼を持ち込んだのが、発覚の経緯なのだという。

そしてその現物、四人の子どもを犠牲に造られた、コトリバコはといえば。

腕の立つ祓い屋たちが幾人か招集された会合で、現在その対応策が話し合われている最中とのことだった。

ちなみに言えば、六花たちの師匠こと松方宗輔《そうすけ》は、その会合に招集される側の人間である。

業界では、師はそこそこ名の通った人間だったりするのだ。癪《しゃく》なことに、ちゃらんぽらんな割に腕だけは確かなのが、六花たちの師匠だった。

まぁその弟子たちはといえば、まだ半人前であることを理由に留守番を押し付けられ、こうして暇を持て余しているわけだが。六花は頬杖《ほおづえ》をつく。

「なー。本物に〝成った〟コトリバコなんてさぁ、封印出来るもんだと思う?」

「さあ、どうだろ……。それを今、会合で話し合ってるんでしょ」

弟弟子の問いに、そう投げやりに返した時だった。背後でガチャガチャと鍵を回す音がして、事務所の扉が荒々しく開かれる。

「……だァーもう、糞《くそ》だりィ、お前ら塩持って来い、塩ぉ」

振り返れば、よれよれの喪服を身にまとった三十路《みそじ》の男が、不機嫌そうな顔で立っていた。

ぼさついた黒髪に無精髭《ひげ》、目の下には濃い隈《くま》。三白眼の目付きの悪さは一級品で、ただでさえ悪い人相が、三割増しくらいに悪くなっていた。かなり機嫌が悪いらしい。

「うへぇ、そーすけ残穢《ざんえ》まみれじゃん」

彼の言う通り、男の身体からは、まるで死臭のような強い残穢が立ち昇っていた。げえっと舌を出した弟弟子に、男はじとりと目を細める。

「だァーから塩撒《ま》けッつってンだろォがよ。中入れねェだろーが、オラ、とっとと塩寄越せってェの」

目付きも悪ければ、口も態度も悪い。甚だ不本意なことに、それが六花たちの師匠だった。六花と弟弟子は「はいはい」と肩を竦《すく》めると、揃《そろ》って立ち上がる。

少しばかりお高い清めの塩を、全てぶち撒ける勢いで振りかければ、師はようやく事務所の中へと足を踏み入れた。男は大股に部屋を横切ると、あちこち革の剥げたソファーにどっかりと腰かける。

「……案外早かったね、今日は帰って来ないと思ったのに」

「コトリバコ、封印出来たワケ？」

六花の呟《つぶや》きに被せるように、弟弟子が身を乗り出してそう尋ねる。

師はと言えば、煙草を咥《くわ》えて火をつけると、緩慢な動作で首を横に振った。億劫《おっくう》そうに煙を吐き出すと、皮肉げに口の端を持ち上げる。

「いーや。あンなの封印なんざ無理、無理。ひと目見ただけで満場一致だったっての。オハナシアイに時間なんざ、かかるわけねーのヨ」

「そんなに？」

「おーよ、そんなに。ありゃ向こう八十年は呪物として機能すンだろナァ」

ぷかりと紫煙を吐き出す師の表情は、酷く苦々しげだった。灰皿にトンと吸い殻を落とすと、ソファーの背もたれに体重を預けて天井を仰ぐ。

「怨念が強すぎるのヨ。お焚《た》き上げでどうにかなる代物《シロモン》でもねーしさァ。かといって、数十人がかりで封印なんざしても、数か月程度で綻《ほころ》ぶのは目に見えてンだわ」

そこで言葉を区切ると、師は吐いたため息を取り戻すかのように、深く煙草を吸い込む。そして、フーッと一際長い時間をかけて煙を吐き出した。

沈黙が流れて、六花は弟弟子と顔を見合わせる。

「じゃあ、どうするの？」

「………どーしようもねェよ」

師は指先で煙草を弄びながら、視線だけを弟子たちに向けた。

「現状出来るこたァ、秒で綻ぶ封印を定期的にかけ続けて、怨念が薄まるのを待つしかねェだろっつー結論ンなったわ。ンでもって、女の術者はともかく、これから男にゃ半年に一回くらい、当番のローテが回って来るって話よ。つまりは胸糞《むなくそ》悪りィ無給労働《ボランティア》だァな」

その言葉に、弟子たちの明暗は分かれた。女である六花はガッツポーズで胸を撫《な》で下ろし、片や弟弟子は露骨に絶望的な顔をする。

弟弟子はゲェ、とこの世の終わりみたいな声で呻《うめ》いた。

「オレは体質的に免除してくれねーかなぁ……マジで勘弁して欲しい………」

あまりにも切実なその声色に、六花も流石《さすが》に同情的な目を弟弟子に向ける。

物や場所にこびり付いた、強い感情や記憶の残滓《ざんし》を意図せず読み取ってしまう体質の弟弟子には、確かに辛いものがあるだろう。

師はといえば、無造作に括《くく》った髪をワシワシと掻《か》いて「ハイハイ、わァーてるッての」と顔を歪《ゆが》める。

「……俺が現役のうちは、お前の分も肩代わりしてやンよ。しゃーなし、な。でもマ、それはそれとしてお前ェら二人共、やり方だけは覚ェとけよ。次代に教える為にもなァ」

師の言葉を受けて、弟子たちは顔を見合わせる。そして揃って、神妙な顔でこくりと首肯した。

師は満足げに鼻を鳴らすと、短くなった煙草をザリッと灰皿に押し付ける。

それから、付けっぱなしのワイドショーを一瞥《いちべつ》すると、師は低く呟きを落とした。

――やっぱこの世で一番怖ぇのは、神様でも怨霊でも幽霊でもねェ。人間だなァ。

終章――海月の骨のParadies《パラディース》

1

紙袋はその中身ごと宙を舞い、重力に従って落下する。

ニコラの目には、その全てがスローモーションに映った。

地面に叩《たた》きつけられた衝撃で、紙袋の口から中身がごとりと飛び出す。赤黒く染まった木箱がまろび出て、砕け散った天然石の残骸がザラザラと床に散らばった。

鼻腔《びこう》を刺激するのは、鉄錆《さび》のような臭いと腐乱死体特有の異臭。そして、内臓を握り潰されるような圧迫感だった。

「……ッ！」

言葉にならない音が喉の奥で詰まる。ヒュー、ヒュウと呼吸が不規則になり、指先が奇妙に痙攣《けいれん》した。逃げろ、ここから早く離れなければ、そう思うのに、身体は思うように動いてくれなかった。

視界の端では、エマが糸の切れた人形のように崩れ落ちる。シャルもまた、蒼白《そうはく》を通り越した土気色の顔で嘔吐《えず》いていた。その合間に、シャルは息も絶え絶えに唸《うな》る。

「…………ねーちゃんとお前は、絶対これに触んなよ――これ〝コトリバコ〟だ」

震えた声音で告げられた単語に、ニコラは目を見開く。その意味を理解した瞬間、サッと全身の血の気が引いた。

ニコラは咄嗟《とっさ》に自分の鞄《かばん》の中身をひっくり返し、その中から身代わりの形代《かたしろ》――人型の木の板をいくつか拾い上げると、それぞれにシャル、エマ、そして自分の名前を書き記していく。つーと垂れた鼻血がポタポタと木片の上に落ちて滲《にじ》むが、気にする余裕もなかった。

荒い呼吸のまま、各人の名前を三枚ずつほど書いてようやく、内臓を握り潰されるような圧迫感がふっと軽くなる。ニコラはずるずるとその場に座り込んだ。

その拍子に手から形代が零《こぼ》れ落ちるが、それを拾うことさえ億劫《おっくう》だった。ゆっくりと首を擡《もた》げれば、シャルも同様に荒い息を吐いてはいるものの、とりあえず生きてはいるらしい。

ニコラは床の上に転がった寄せ木細工のような箱を一瞥《いちべつ》し、それから散らばる天然石の残骸に目を移して、顔を歪《ゆが》めた。

先程まで断続的に聞こえていた、硬い物が割れる音は今はもう聞こえない。恐らく音の正体は、この砕け散った天然石だったのだろうとニコラは当たりを付ける。原始的ともいえる時限式の仕掛けに、盛大に舌打ちを打った。

ニコラは鼻血を拭いながら、弟弟子に視線を投げた。

「あんた、アレに直接、触った……？」

そう問えば、シャルは緩慢に顔を上げて、苦々しげに小さく首肯する。

「………おー。最後の音と同時に、一瞬掠《かす》った」

見れば、シャルの吐瀉物《としゃぶつ》には所々鮮紅が混じっている。ニコラは顔を引き攣《つ》らせて「よく生きてるね」と呻《うめ》く。

「ほんとそれな……」

オリヴィアの墓前で言われた台詞を、まさか昨日の今日で言い返す羽目になろうとは。シャルも口許《くちもと》を拭いながら苦笑していた。

二人とも顔面蒼白で、特にシャルは貧血気味だろう。それでも何とか立ち上がると、倒れたエマを二人して覗《のぞ》き込む。

「多分、オレが叩き落とす方が早かったから、ねーちゃんは最後の音以降、触ってねーと思うわ。敏感だから、瘴気《しょうき》に当てられたんじゃねーかな」

恐る恐るといった様子で、シャルはエマの首筋に手を当てて脈を確認する。それから、ほっとしたように息を吐き出すと、「良かった」と呟《つぶや》いた。

エマはぐったりとしたまま動かないが、呼吸は正常で、意識を失っているだけのようだ。シャルはエマを抱き上げると、ベッドへと横たえた。

ニコラは床に落ちた形代を拾い上げて、テーブルの上に並べる。それから、形代に走るひびに眉をひそめた。

「ひびの入り方が、違う……？」

各三枚ずつ名前を書いた、形代の一枚目を手に取り眺める。

それぞれを比較すれば、何故《なぜ》かニコラのものに一番大きな亀裂が入っているのだ。

エマとシャルのひびは同程度で、少しずつ亀裂は深くなっているものの、ニコラの亀裂の進行度よりは比較的マシに見える。

子どもに作用するという性質上、より年若い方にダメージが大きいというのなら、まだ理解できるのだが。何故同い年のシャルとニコラで、ニコラの方がダメージが大きいのだろうか。

そんなことを考えて首を傾《かし》げていれば、シャルがニコラの手元を覗き込みながら、皮肉げに呟いた。

「アー、うん。なるほど、そういうこと……。多分、オレが直接触ってもギリ耐えたのってさ、女で子どもではあるけど、精神が男だから判定がグレーなんじゃねーかなって」

シャルの言葉に、ニコラは目を見開く。確かにその仮説は納得できる話だった。

二人は少しずつ亀裂が入っていく形代と、残りの形代を見下ろして、黙り込む。

幸いなことに、手持ちの形代はまだ数十枚とあることには、ある。それは以前、オリヴィアの一件でニコラが死にかかけた際に、ジークハルトらが掻《か》き集めたものの余りだった。

だが、いくら残数があるとはいえ、ジリ貧であるのは間違いない。あまり悠長には構えていられなかった。

「……とりあえず、オレが今あるもの使って一時的に封じるわ。だからさ、後のことはぜーんぶ任せたぜ、姉弟子さん」

「でも…………」

確かに一時的にでも封印できれば、少なくともリミットの先延ばしにはなるだろう。だが、本来は数人がかりで封印しても、数か月程度で綻ぶような代物なのだ。根本的解決にはならない上に、今の弟弟子は子どもで、中身はともかく外側は女だ。危険は相応にある。

シャルは、そんなニコラの心情を見透かしたように、肩を竦《すく》めて苦笑した。

「だって仕方ねーじゃん？　これよりマシな案もないだろ。そんで、ダメージのリスクはお前よりオレの方が軽いんだから、迷う余地ねーって。だろ？」

「………」

ニコラは唇を噛《か》んで押し黙る。これに変わる良案を出せない以上、ニコラに反駁《はんばく》する資格はないのだろう。

シャルはそんなニコラを見て小さく笑うと、ニコラが先程ひっくり返した鞄の中身から、手早くいくつかの呪符や道具を見繕《つくろ》っていく。

「ま、心配すんなって。お前の作る呪符、オレのより精度いいもん。何とかなるよ」

シャルはそう言って、いつもの調子で気楽に笑ってみせた。

ニコラは目を閉じて、深く息を吸う。それからゆっくりと吐き出すと、瞼《まぶた》を持ち上げた。

「………これも使って」

ジークハルトに渡すつもりで買った黒瑪瑙《オニキス》のネックレスを投げ渡すと、ニコラはくるりと背を向ける。

「おっ、サンキュ。……んじゃ、オレの命運、預けたわ」

そんな軽い言葉と共に、シャルもまた背中を向ける気配がする。ニコラは小さく「任された」と呟いて、それからはもう、自分の作業にそれぞれ没頭するだけだった。

ニコラは形代に名前を記しながら、ちらと横目で背後を見遣《や》る。

シャルが直接コトリバコに触れる度に、形代にはピシッと亀裂が走り、ひび割れは際限なく広がっていった。次々に割れていく形代に追いつかれないように、次々と新しい形代を用意しては、名前を書き足していく。そんな作業の繰り返しだった。


やがて、割れた形代が十枚を超えた頃だろうか。トン、と背中に何かが当たる感触がした。

それが何なのか、振り返らずとも分かる。背中合わせに立っていた弟弟子が寄りかかってきたのだろう。

シャルの形代も、エマやニコラの形代も、いつの間にかひび割れはぴたりと止まっていた。

「……終わった？」

「…………おー、どんくらい持つかは分かんねーけどさ。急場凌《しの》ぎとしちゃ、上出来だろ」

そう言いながら、シャルはニコラに背中を預けたまま、力尽きたようにずるずると座り込もうとする。振り返れば、その顔色は蒼白を通り越して土気色に近い。

弟弟子の手を引いてベッドへと誘導してやれば、シャルは大人しくベッドに腰掛けると、そのままぐったりと仰向けに倒れ込んだ。

「大丈夫？」と問えば、力無く「……とりあえず、物理的なダメージはない」との答えが返ってくる。

どちらかというと、残留思念を読んだことで、精神的に消耗したらしかった。

「……きっつー。あークソ、まーだ頭ん中で子どもの絶叫が聞こえる。もう二度とやんねーわこんなん……」

シャルは拳の甲を目元に置いて、掠れた声でぼやく。ニコラはベッドの傍らに膝をつくと、弟弟子の頭をぐしゃぐしゃとかき混ぜてから立ち上がった。

「あとは姉弟子に任せて、ゆっくり寝てな」

ニコラは小さく拳を握り込む。

この世界にいる祓い屋は、たったの二人だけ。そして双方ともに今は子どもで、身体は女だ。コトリバコとの相性は最悪の一言に尽きる。

数人がかりの封印でさえ数か月で綻ぶような代物に対して、シャル一人の封印がどれくらい持つのかは完全な未知数でもある。現状はタイムリミットが少し伸びただけで、根本的な解決には至っていない。何か当てがあるわけでもない。だが、それでも——。

弟弟子が体を張って、多少は猶予が伸びたのだ。ならばその間に、出来る事をするしかない。ニコラは踵《きびす》を返すと、三人を呼びに隣室へと向かった。

2

「私とシャル宛てに、殺意に満ちた呪いの贈り物が届きました。……時間がありません、力を貸してください」

ノックをして隣室に入るなり、ニコラは頭を下げ、簡潔に要件を述べた。

三人は一瞬だけ驚いたような表情を見せたが、すぐに真剣な面持ちに変わる。ニコラは三人を引き連れると、すぐに元の部屋に戻った。

扉を閉めて鍵を掛けると、ニコラは先程あったことを掻い摘《つま》んで説明する。

コトリバコがどういう代物なのかも、シャルが一人で封印を施したことも、そして、その封印がどれだけ持つか分からないということも。包み隠さず、その全てを話した。ニコラが話し終えるまで、誰も口を開かなかった。

一通りの説明を終えると、ニコラは小さく息を吐いた。それから、ゆっくりと顔を上げる。そこには、険しい顔をして黙り込んでいる三人の姿があった。

普段のエルンストなら『呪い』なる言葉の真偽を疑ってきそうなものだが、今は静かなものだ。ニコラの拭った鼻血の痕や、血の気の引いた顔で眠るエマやシャルを見れば、察するところがあったのだろうか。

しばらく沈黙が続いた後、最初に口を開いたのはアロイスだった。

「……これがその、コトリバコ？」

「…………はい」

テーブルの上に無造作に置かれたソレに、全員の視線は集中する。

赤黒い液体で染め上げたような色合いだった木箱の地肌は、呪符が隙間なく貼り付けられ、今は見えなくなっている。

だが、その上から数珠のように巻き付けられた黒瑪瑙のいくつかには、既にひびが入っていて、その割れかけの玉の下の呪符には、じわりと赤黒い染みが滲《にじ》んでいた。

見ている傍から、パキッと乾いた音を立てて、ひびの入った玉の一つが砕け散る。すると、他の黒瑪瑙の亀裂もピシッと大きく進んで、ニコラは小さく唇を噛む。

今はより多くの黒瑪瑙で抑え込んでいるが、割れる瑪瑙《めのう》が多くなればなるほど、残りの瑪瑙にかかる負荷は当然大きくなる。瑪瑙が割れるペースは、これから加速度的に早まっていくに違いなかった。やはり、この封印もそう長くは持ちそうにない。

エルンストの背後に引っ憑《つ》くやたらと眩《まぶ》しい発光体をちらりと見遣ってから、ニコラはテーブルの上に置いたコトリバコを指差した。

「すみませんが……エルンスト様。これを、抱えていてください」

「こ、これをか……？」

コトリバコの作り方を聞いた手前、流石《さすが》のエルンストもひくりと顔を引き攣らせる。だが、やがては渋々といった様子でコトリバコを抱え込んだ。持ち上げた際に聞こえたカラカラコロ……という乾いた音に、否応なく中身を想像してしまったのか、エルンストは苦虫を噛み潰したような表情を浮かべる。

背後で燦然《さんぜん》と輝いていた守護霊も、すっかりと弱々しい光量に落ち着いたが、おかげで黒瑪瑙のひび割れる速度は幾分か緩やかになる。相も変わらず規格外な強さの守護霊に、ニコラはほっと小さく息をついた。

ジークハルトはコトリバコから視線を外すと、思案げにあごに手を添える。

「とはいえ、ニコラやシャルに出来ないことに対して、私たちに貸せる力があるとはあまり思えないな。これの送り主に目処《めど》をつけるなら兎《と》も角、こういったモノへの対処法に関しては、流石に門外漢だから……」

「ですよねえ」と、そう頷《うなず》きかけて、ニコラはハッとジークハルトを振り仰いだ。

「……待ってください。今、なんて？」

ジークハルトのアメジストの瞳と、はたと目が合う。ニコラは目を瞬かせた。

「このコトリバコの送り主なら、分かるって言うんですか……？」

ジークハルトは不思議そうな表情を浮かべると、銀糸を揺らして首を傾げた。そして、何でもないことのようにさらりと答える。

「え、あぁ。それなら一応、推測出来るだけの材料はあるよ。残念ながら、証拠は何一つ無いけれどね。でも、そんなことならニコラにだって、分かっているんじゃ――」

ニコラはジークハルトの言葉を遮って、ぶんぶんと首を横に振る。

ジークハルトは意外そうな表情を浮かべると、エルンストが抱えるコトリバコを見た。

「女性と子どもを殺してしまう贈り物の宛先が、ニコラとシャルの二人なんだよね。動機を考えれば、自明だと思うのだけれど」

ニコラは眉間にしわを寄せる。そこまで言われても、ニコラには本当に見当が付かないのだ。

二人の共通点として真っ先に思い付くのは、前世で祓い屋だった過去だ。だがそれを知っているのは、この部屋にいる人間だけしかいない。

今世に至っては、まずシャルと出会って数日である上に、人様に死を願われるほどの悪事を共謀した覚えも、もちろん無い。ニコラは首を捻るばかりだった。

そんなニコラの様子に、アロイスは軽く肩を竦めると、困ったように小さく笑う。やがて、背後の壁に寄りかかるようにして腕を組むと、ため息交じりに口を開いた。

「君やシャルにとっては全くの無価値だから、多分、完全に意識の外にあるんだろうね。だけど、それは少数派だ」

アロイスはそこで一旦言葉を切ったかと思うと、温度のない声音でこう続けた。

僕の婚約者の座ってだけで、喉から手が出るほど欲しがる人間はいるんだよ、と。

その言葉に、ニコラはハッと顔を上げる。

ジークハルトは苦笑を浮かべると、ゆっくりと首を縦に振った。

「オイ……俺でもそれぐらいの利害関係は分かるぞ」

エルンストからも呆《あき》れた目を向けられて、ニコラは居心地悪そうに視線を逸《そ》らす。

ジークハルトはそんな二人の様子に苦笑しながら、ニコラを見下ろして口を開いた。

「そう。現状、ニコラとシャルが死ぬことによって、得をする人間がいるね。三人目の婚約者候補のエルフリーデ嬢か、或《ある》いはその父親である、ルーデンドルフ侯爵だ。ルーデンドルフ侯なら、私たちの滞在場所も知っていることだしね」

ジークハルトの言葉に、ニコラは思わず息を飲む。言われてみれば、確かにそうだった。

だが同時にニコラの脳裏には、十歳時の姿で止まった金髪の少女の絵姿が過《よ》ぎる。

「で、でも、彼女は……」

行方不明、或いは失踪中であるはずだ。仮にニコラとシャルが死に、候補がエルフリーデのみになったとしても、当の本人が存在しなければ、意味がない。

困惑するニコラに対し、ジークハルトは困ったように微笑むと、静かに口を開いた。

「ニコラはあの荒屋《あばらや》で、人攫《ひとさら》いのターゲットはブロンド系だったと言ったね。だから、シャルたちには危害を加えないだろうと踏んだ、って」

ジークハルトの言葉に頷きかけて、ニコラははたと動きを止める。

――今回の発注は、ブロンド系の髪の、十六、七の女って話だろうが！

――あぁ⁉　どうせ買われるのは金髪の中でも一人だけで、余ったやつは別のとこに売っ払うんだろうが！

「……………まさか、あれは、エルフリーデの代わりを調達しようと、して……？」

ニコラはようやく人攫いたちの会話を思い出して、掠れた声で呆然《ぼうぜん》と呟く。

「明確な証拠は何もない、ただの憶測だけれどね」

そう言って、ジークハルト苦笑して、アロイスと肩を竦め合う。そんな二人を見て、ニコラは小さく唇を噛むと、眉根を寄せた。確かに物的な証拠はない。だが、辻褄《つじつま》は合うのだ。

季節外れの花が咲き乱れる、老いた家政婦《ハウスメイド》ばかりの屋敷を思い出す。

コトリバコを作り、ニコラたちへ送りつけたのがルーデンドルフ侯爵で、かつ人攫いたちに侯爵の息がかかっているのならば。もしかすると、過去に彼らに攫《さら》われた子どもたちは、コトリバコの『材料』にされた可能性もある。

ふと色変わりをしたという紫陽花《あじさい》の色を思い出して、ニコラは俯《うつむ》いて拳を握り込んだ。爪が掌《てのひら》に食い込んで痛かったが、その痛みが今のニコラにとってはありがたくもあった。痛みは時に、人を冷静にさせるものだ。

ニコラはゆっくりと深呼吸をして、顔を上げた。

「今からルーデンドルフ侯爵邸に行きます。あわよくば、コトリバコを葬り去れるかもしれません」

3

カンテラに火を灯し、宿を出る。

「シャルとエマさんを、お願いします」

ニコラは振り返って、アロイスに頭を下げた。ルーデンドルフ侯爵邸に向かうのはニコラ、ジークハルト、エルンストの三人だけ。アロイスには、宿に残ってもらうことにしたのだ。

「私たちの命も、預けます」

そう言って、ニコラは残りの形代をアロイスに手渡した。

現状において、コトリバコは言わば、時限式の爆弾のようなものだ。ジークハルトやエルンストも男であるとはいえ未成年で、コトリバコによる呪殺の対象でもある。

コトリバコの抹消が出来ず、封印も解けてしまった場合の保険として、アロイスには残って命綱を担ってもらうことにしたのだ。

アロイスは安全な留守番役に渋ったが、最終的にはニコラに押し切られる形で了承した。

「……三人とも、気をつけて」

アロイスの言葉に、三人はしっかりと首肯する。それから、夜の帷《とばり》が降りた大通りに足を踏み出した。

カンテラに灯された炎がゆらりと揺れる。

昼間は子どもや若者が多かったが、祭りの夜はすっかり大人たちばかりだ。酒場や酒を売る露店は大盛況のようで、そこかしこから賑《にぎ》やかな笑い声や歌声が聞こえてくる。そんな喧騒《けんそう》をよそに、三人は足速に通りを抜けていった。

「エルンスト様、今、どれぐらいのペースですか」

そう問い掛ければ、エルンストは懐中時計に目を落とし「十分弱だな」と答える。

「約八分に一つ、割れている」

「………そうですか」

エルンストの腕の中、コトリバコに巻きつけた黒瑪瑙のネックレスに目を落とす。

連なった黒瑪瑙の玉は、既に三割ほどが砕け散っていた。割れた瑪瑙の数に比例するように、その下の呪符も赤黒い滲みに侵食されつつある。

封印の綻びは、刻一刻と進行していた。内臓を弄《まさぐ》れるような不快感は、少しずつ、しかし確実に強まっていく。

「……急ごうか」

ジークハルトの言葉に頷いて、二人は無言で首肯する。三人はさらに足を速めた。

やがて、豪奢《ごうしゃ》な門構えが見えてくる。その奥には月明かりに照らされた広大な庭園と煌々《こうこう》と明かりが灯された邸宅が見えて、三人は顔を見合わせ、静かに頷き合った。

呼び鈴を鳴らせば、しばらくして初老の男が門扉の向こうに現れる。

ぴっちりと撫《な》で付けられた髪に、冷たい眼光。昼間の、針金を思わせる鉄面皮の家令だ。

想定外の来客に、家令の男は訝《いぶか》しげな表情を浮かべて、来客者を確認する。そしてニコラの姿を認めたほんの一瞬、気のせいでなければ僅かに瞼《まぶた》を痙攣させたように見えた。

三人を代表して、ジークハルトがスッと一歩前に歩み出る。

「至急、ルーデンドルフ侯に会いたいのだけれど、構わないかな」

それは、ジークハルトにしては珍しい、有無を言わせぬ強い口調だった。普段は穏やかに微笑んでいるようなジークハルトが、今は少し眉間にしわを寄せ、鋭い視線で家令を見据えていた。

家令は一瞬たじろいだ様子を見せたものの、すぐに取り繕うと、恭しく一礼をする。

「…………暫し、お待ちを。主に確認して参ります」

屋敷へ戻ろうとする家令に、ニコラは待ったをかける。白々しい笑みを意識的に貼りつけて、ニコラは家令を呼び止めた。

「待っている間、庭園を見学させて頂いても？　月明かりが、あんまりに綺麗《きれい》なもので」

「……それは、構いませんが」

家令は三人を招き入れると踵を返し、屋敷の方へと消えていく。その背を見送ってから、ニコラは夜の庭園へそっと足を踏み出した。

夜空に浮かぶ半月に照らされた、広大な庭。

季節外れにも、春の花々が咲き乱れる花壇や噴水には、青白い月光が降り注ぐ。昼間とはまた違う幻想的な景色だが、ニコラはそれらには見向きもせずに、ただ黙々と歩を進めた。

やがてニコラは、目的の場所でぴたりと足を止める。

冴《さ》え冴《ざ》えとした月光を浴びて咲く、ピンク色の紫陽花《あじさい》の区画。その中でたった一つだけ、他の花弁とは違う色をした、青い紫陽花の咲く花壇があった。

紫陽花は酸性の土壌では青く、アルカリ性の土壌ではピンク色の花が咲く。

それは青い色彩に作用するアルミニウムが、酸性土壌であればよく溶け出し、アルカリ性土壌ではあまり溶け出さないためだ。そして、ヨーロッパの基本土壌はアルカリ性。

つまり、何かしらの手を加えなければ、青い紫陽花が自然に咲くことはないのである。ニコラは静かに目を伏せ、唇を噛んだ。

土に埋めた死体は一般に、腐り始めは酸化作用が強く、酸性腐敗となってガスが発生する。

やがてたんぱく質の分解が進めば、いずれはアルカリ性腐敗へと変化するだろうが、少なくとも腐り始めの土壌は、一時的に酸性へと傾くのだ。ニコラは青くなった花びらを、そっと指先でなぞった。

死体の上に咲く紫陽花の色は赤い——ミステリーでは定番の、使い古された常套句《じょうとうく》だが。骨や歯の主成分であるリンは、青い色彩に作用するアルミニウムの吸収を阻害してしまうのだそうだ。この紫陽花も、直《じき》にピンクへ、そしてゆくゆくは鮮やかな赤へと色を変えていくのだろう。

タタタッ、と軽やかな足音が聞こえて、ニコラは振り返る。そこに居たのは、栗毛《くりげ》に鳶色《とびいろ》の瞳をしたそばかすの少年だった。

小さな人影はニコラと目が合うと、驚いたように目を丸くする。サスペンダー付きの半ズボンを穿いたその子どもは、見たところ七、八歳頃だろうか。

ニコラは膝を折って視線を合わせると「ねぇ」と小さく呼び止めた。

「もしかして君の身体は、この下にあるの？」

ジークハルトとエルンストが、隣で息を呑《の》む気配がする。けれど二人は何も言わなかった。ただじっと、事の成り行きを見守るだけだ。

鳶色の瞳の少年は不思議そうに首を傾げると、ふるふると首を横に振った。

『……ううん。みんなの体はここにあるけど、ぼくのは父さんが弔ってくれたから、ここにはない、です』

子どもはぎこちない敬語でそう答えると、ちらりと庭園の隅を見遣る。その視線を辿《たど》れば、ひっそりと建つ木造りの小屋があった。

一般に、庭に建つ小屋に居住するのは庭師だ。この子は一週間ほど前に死んだという、庭師の息子の方かと当たりをつける。名前を尋ねれば、子どもは素直にフィンだと答えた。

「じゃあ、フィンは、これを見たことがある……？」

エルンストの手の中のコトリバコを指差せば、少年の瞳が僅かに揺れる。それからこくりと小さく頷くと、躊躇《ためら》いがちに『ご領主さまに、もらいました』と呟いた。

――まだ年端もゆかぬ子が、血反吐《ちへど》を吐いて、苦しみ抜いて……。お医者さまは、原因のわからぬ奇病と言うておったそうでございます。

ニコラは老婆の言葉を思い出して、ぐっと奥歯を噛み締める。そうでもしなければ、怒りで頭が沸騰してしまいそうだった。

何の罪もない子どもが、徐々に内臓が千切れるような痛みに襲われて死んでいく。それはどれほど恐ろしいことだっただろう。

「…………そっか。痛かったね、苦しかったね」

押し殺した声でそう呟けば、フィンは泣き笑いのような表情で頷いた。

「じゃあ、フィン。〝みんな〟は今、どこにいるか分かる？」

そう問いかければ、フィンはすっと屋敷の二階の一角を指差した。昼間に訪れた時の見取り図を思い浮かべれば、すぐにコレクションルームの場所だと分かる。

「いつもみんなは、あの街で遊んでるの？」

『はい！　いつもはぼくもいっしょに遊んでるんだけど、ぼくはまだ父さんのことも、お庭の花のことも気になるから。ときどきこうして様子を見に、お外に出たりしてて……』

フィンはそう言うと、照れ臭そうに笑った。後でその〝みんな〟のいる所へ案内してほしいとお願いすれば、彼は快く了承してくれる。

ニコラはフィンにお礼を言うと立ち上がり、ジークハルトとエルンストを振り返った。

エルンストは毎度のことながら、全くの見当違いの場所を見つめては、眉間にしわを寄せて唸っている。一方でジークハルトはといえば、「どうやら庭師のお子さんみたいだね」と、フィンのいる辺りに向かって悼ましげな表情を向けていた。

だが、フィンにジークハルトへの害意がないからこそ、彼にはフィンの存在が朧《おぼろ》げにしか把握出来ないらしい。それでも会話の断片を繋《つな》ぎ合わせれば、内容は概ね理解出来たようで、ジークハルトはゆっくりと息を吐き出すと、静かに目を伏せた。

ニコラはジークハルトと顔を見合わせて、視線だけで言葉を交わす。状況証拠だけで言えば、ほぼクロ確定だった。

◇

ルーデンドルフ侯爵は階段の踊り場から訪問者たちを見渡した後、その視線をニコラに留めると、あからさまに落胆の色を見せた。

目は口ほどに物を言う。そして、問うまでもなく、語るに落ちたようなものだった。

「こんな時間に訪問してくるとは、一体どういう了見だ？」

玄関ホールに下り立つなり、ルーデンドルフ侯爵はそう吐き捨てた。時刻は未だ二十時を回った頃合いだとはいえ、確かにアポなしで訪問するには遅い時間だろう。

膨れた贅肉《ぜいにく》を窮屈にもナイトガウンに押し込んで、侯爵は「非常識とは思わんかね、え？」と不快げに鼻を鳴らした。

一歩前に出ようとしたジークハルトを、ニコラは裾を引っ張って制する。ぐっとあごを引くと、挑むような視線を侯爵へ向けた。

「……ハッ、非常識？　こんな、非人道的な呪物を送りつけてくるような人間に、常識を説かれたくはありません」

ニコラは貴族的な儀礼も修辞もかなぐり捨てて、冷ややかに侯爵を睨《にら》みつける。

エルンストの腕ごとコトリバコを突き出して見せれば、侯爵は「はて、何のことかな」と、白々しくも惚《とぼ》けてみせた。

だが、その口元に浮かぶ薄ら笑いを見れば、隠し通すつもりがあるのかすら怪しいもの。腹の底からふつふつと湧き上がる怒りに任せて、ニコラはぎゅっと拳を握った。

「……あの、青い紫陽花《ハイドランジア》の下に、子どもたちの死体を埋めたんでしょう」

ニコラは確信をもって、ひたりと真《ま》っ直《す》ぐに侯爵を見据える。

侯爵はわざとらしくあごに手を当て、考える素振りを見せると「さぁて、どうだったかな」と嘯《うそぶ》いた。

太い指であごをなぞり、口の端を捲《めく》り上げると、侯爵は醜悪な笑みを湛《たた》えて言う。

「生憎《あいにく》と処理は家令に任せたもので、その所在までは知らんのだ。オリバー、こちらのお嬢さんはこのように仰せだが、どうなのだ?」

侯爵はそう言いながら、背後に控えていた家令を振り返った。オリバーと呼ばれた初老の男は無表情のまま、「相違ありません、旦那様」と抑揚のない声で答える。侯爵は「ほう」と目を瞬くと、やがて愉快そうに喉を鳴らした。

「どうやって知ったかは知らんが、当たりだそうだ」

そう言って、ルーデンドルフ侯爵はでっぷりとした腹を揺らしながら、にたりと口角を吊《つ》り上げてみせた。

ニコラはギリッと奥歯を噛み締めると、目の前の醜悪な生き物を睨みつける。この男の何もかもが不快で、反吐が出そうだった。

だが、ここで激昂《げっこう》しては相手の思う壺《つぼ》だ。ニコラは努めて平静にと自分に言い聞かせ、再び口を開いた。

「私が知りたいのは一つだけ――どうやって、これの作り方や効果を知ったのか。それだけです」

コトリバコを指差しながら、ニコラは低い声で問う。

その問いに、侯爵は「そんなことを知ってどうするのだ」と鼻で笑いながらも、勿体《もったい》ぶることもなくあっさりとこう答えた。曰《いわ》く、先代が蒐集《しゅうしゅう》したコレクションの中の書物に記されていたのだ、と。

「著者の名は、確か……」

「ルンプクネヒトでございました、旦那様」

侯爵の言葉を継いだ家令は、淡々とその名を口にした。

悪い子どもの元に、子どもが望まない贈り物を届けるモノ。オリヴィアを唆《そそのか》してこの世界を構築した悪魔の名前に、ニコラは思わず顔を歪める。だがその一方で、やはりか、と合点がいく部分もあった。

その時代や場所に存在する筈《はず》のない、場違いな人工物、オーパーツ。２０００年代の日本で生まれた都市伝説の作り方が記された書物など、オーパーツ以外の何者でもない。そんな芸当ができる存在に、心当たりは一つしかなかった。

随分と物騒な代物を混ぜて、世界を構築してくれやがったなと、ニコラは盛大に舌打ちを打つ。どこまでも悪趣味で悪辣。人を玩具《おもちゃ》にして楽しむ性根がつくづく気に食わない。

だがしかし、今優先すべきは別のことだった。

ニコラはエルンストの手元に視線をやる。コトリバコに巻き付いた黒瑪瑙の玉は、残り五割ほど。着々とタイムリミットは迫ってきていた。

「……ニコラ」

ジークハルトはニコラにだけ聞こえるような小さな声で、囁《ささや》くように名前を呼んだ。

ニコラを庇《かば》うように周囲を警戒しながら、ジークハルトは侯爵を見据えて口を開く。

「領民の罪は、領主が裁く。けれど、領主の罪は国が裁くものだ。あの青い紫陽花の下から死体が見つかれば、貴方は国に裁かれるというのに……随分と素直に罪を認めるものだね」

そう言って、ジークハルトは射抜くようにスッと目を細める。

だが、侯爵はそれに怯《ひる》むどころか、余裕のある表情でせせら笑うと、大仰に肩を竦めてこう答えた。

「当然だろう。何せ、死人に口は無いからな」と。

背後で扉が開く音がして、下卑た笑い声が耳に届く。開け放たれた玄関扉を振り返れば、そこにはニコラたちを攫った人攫いの男らの姿があった。

しかも、彼らの背後には、さらに十数人の男たちが控えている。その中には御者服やシェフコートを着たままの者もおり、この屋敷の使用人たちだろうと推測する。彼らは浮かない表情ながらも、しっかりと鉈《なた》やら斧《おの》やら包丁やらを携えていた。

侯爵はそんな彼らを一望すると、満足そうに口角を上げて笑う。

「お前たちは祭りに乗じた野盗に襲われて、今宵《こよい》屋敷には辿り着かなかった。目撃者はおらず、数日後には死体が湖に浮かぶ。それだけのことよ」

そう言って、侯爵はあごと同化した太い首をのけ反らせた。

「……また随分と短絡的な」

エルンストがぼそりと呟いた言葉に、ニコラとジークハルトは同意するように小さく息を吐く。だが、ここでニコラたちが殺されてしまえば、侯爵の自白も闇の中。

短絡的ではあるが、ある種合理的ではあった。

「――殺せ」

侯爵が一言そう命じると、男たちは一斉に武器を構えた。退路の玄関口は、既に塞がれている。

ならば、邸内を逃げるしかない。

ジークハルトは軽々とニコラを抱き上げると、エルンストと共に走り出した。

4

膝の裏と腰に、ジークハルトの腕が回る。

だがこればかりは、ニコラに拒否権はなかった。ニコラの非常に残念な運動神経と体力では、足を引っ張ると分かりきっているからだ。

甚だ不本意なことに、ニコラを抱えて走るジークハルトよりも、ニコラの足は遅いのだ。それだけジークハルトやエルンストの足が速いとも言えるのだが、ニコラは大人しく幼馴染《おさななじみ》の首にしがみついて、落ちないように摑《つか》まった。

玄関ホールは吹き抜けになっており、二階へと続く大階段が中央にある。ジークハルトに任せて階段を駆け上がりながら、ニコラはその肩口から背後をちらりと見遣った。

階下を見下ろせば、すぐ後ろには、ジークハルトにペースを合わせて走るエルンストが。

そしてその数メートル後方には、人攫いと使用人たちが続き、最後尾には侯爵と家令が悠々と歩いて続く。

侯爵たちが歩いているのは、恐らく純粋にあの肥満体では追いつけないのだろうが。まるで高みの見物だとでも言うような、余裕綽々《よゆうしゃくしゃく》とも取れる態度が、実に腹立たしかった。

階段を駆け上がると、左右に分かれる長い廊下へと出る。ニコラが「コレクションルームへ向かってください」と短く告げれば、ジークハルトは迷わず左の通路へと進んだ。

「今、どれくらいのペースですか」

コトリバコを小脇に抱えるエルンストに視線を送れば、エルンストは息を乱すこともなく「五分にひとつ、割れている」と簡潔に答えた。ニコラはぐっと唇を噛む。

コレクションルームの扉は、もう目前だった。

「…………エルンスト様は、コトリバコを持って、私について来てください。ジークハルト様は残って、追っ手の相手をお願いします」

ニコラがそう言えば、ニコラを抱く腕にぐっと力が篭《こ》もった。

「……もしも、嫌だと言ったら？」

コレクションルームの扉を蹴り開けながら、ジークハルトは眉根を寄せて、口元を歪める。

だが、それは一瞬のことで、ジークハルトはすぐに力を抜いた。それから「冗談だよ」と苦笑すると、そっとニコラを床に下ろす。

物分かりの良すぎる幼馴染に、ニコラもまた、困ったように苦笑した。

本当は引き止めたいのだろう。或いは、自分もついて行きたいと言いたいのかもしれない。ニコラには前科があるのだから、仕方がなかった。

オリヴィアの一件で、ニコラはエルンストだけを引き連れ、そして死にかけた。そして今回もまた、エルンストのみを伴って行こうとしているのだ。状況を重ねてしまうのも、無理はなかった。

だが、それでもこの幼馴染は、最終的にはニコラの意思を尊重してくれるのだ。ニコラはジークハルトの優しさに、いつだって甘えている。

「大丈夫ですよ」

ニコラは離れていくジークハルトの額に、猫のようにスリ、と額を擦り付ける。

それから幼馴染の手を取り、その指から指輪をそっと抜き取った。ジークハルトに焦がれる、紫水晶のシグネットリングだ。親指に嵌《は》めてみても、その指輪は酷《ひど》くぶかぶかで、隙間だらけだ。ニコラは小さく苦笑する。

「ほら、ちゃんと道標《みちしるべ》を借りていきます。大丈夫、ここが私の帰る場所ですから」

そう言って、ジークハルトの手をぎゅっと握った。

子どもの頃の柔らかかった手は、いつの間にかペン胼胝《だこ》や剣の鍛錬でできた豆だらけの、節くれだった手になっていったけれど――それでも、その温かさだけは変わらない。

「行ってきます」

そう微笑んで、踵を返す。ニコラはエルンストと共に走り出した。

◇

夜より余程深い黒髪を翻して、ニコラは振り返ることなく駆けて行く。

気丈に振る舞いながらも、本当は案外脆《もろ》いところのある幼馴染だ。その華奢《きゃしゃ》な背中を見送りながら、ジークハルトはそっと目を伏せた。

口では何だかんだと言いながらも、己の身を顧《かえり》みずに動いてしまうのが、ニコラという人間で。その危うさを、ジークハルトは嫌というほどによく知っている。

色々なモノがよく視《み》えすぎるが故に、彼らとの境界が少しばかり曖昧で、それ故にだろうか。ほんの少しだけ、あちら側に近い、そんな幼馴染だ。

決して命を粗末にするような子ではないけれど、懐に入れた人間の為になら、平気で自分の命を天秤《てんびん》の片方に載せてしまうような、そういう危うさが彼女にはあって。

その上、その対象はといえば、生者や死者という括《くく》りさえも曖昧なのだから、見ている方としては、いつだって気が気ではなかった。

本音を言えば、今だって、目の届かない場所へ行ってほしくはないのだ。それでも、それが彼女の意思ならば、尊重してやりたいとも思うから、惚《ほ》れた弱みとは厄介なものだ。

コレクションルームを見渡して、武器になるものを見繕いながら、ジークハルトは小さくため息を吐く。

ニコラにしか出来ないこと、それはジークハルトには、決して出来ないことだ。

ジークハルトには、エルンストのような強い守護霊は憑《つ》いておらず、霊的なモノからは己の身を守ることさえも難しい。不甲斐《ふがい》ないことに、ニコラには助けられてばかりの日々だ。

だが、守るものがあるうちは、ニコラはどうやったって、帰って来ようとしてくれる。そんなニコラを引き止める楔《くさび》になれるのなら、こちら側に残る意味はあるだろうか。

彼女にとって、どれだけ境界線が曖昧で、あちら側が身近であろうとも、

「……ここに、いるから」

振り返って、見失わないで。ここに必ず、帰って来て。

――どうか自分が、ニコラをこちら側に繋ぎ止める、楔であれますように。

そんなことを祈りながら、ジークハルトは部屋の入り口を振り返る。壁に掛けられたサーベルを抜き取ると、それを鞘《さや》に収めたまま、その手に構えた。

5

エルンストの、コトリバコを抱えた手とは逆の手首を引っ掴み、ニコラは走り出す。

「おい、分かってるんだろうな。『行ってきます』と言うのは、『行って帰ってきます』という宣言なんだからな」

「……ちゃんと分かってますよ」

どいつもこいつも、信用がない。前科があるとはいえ、そこまで疑わなくてもいいだろうに。少しは信頼してほしいものだと唇を尖《とが》らせつつ、ニコラはコレクションの一つを目指して走った。

『こっちです！』

いつの間にか、庭師の少年フィンがニコラたちに向かって手を振っている。その傍らには、侯爵令嬢エルフリーデが作ったという、精巧な街のミニチュアがあった。

それは、広場の噴水を中心とした、約四十センチ四方の美しい街並みだ。

どこからともなく風が吹いて、湖の畔《ほとり》に立つ木々がさわさわと揺れ、子どもたちの遊ぶ声が聞こえる、そんなマヨイガもどきの迷い街に、フィンは躊躇《ちゅうちょ》なく飛び込んでいく。

それを見て、ニコラはぐっとエルンストを引っ張る手に力を込めた。

「エルンスト様。あの箱庭の中に、飛び込みます」

「え、は、おい待てお前、まさかそんなこと出来るわけがっ――」

「ええい頭が固い！　出来ると言ったら出来るんですよ」

慌てふためく声が聞こえるが、無視だ。ニコラはエルンストの腕を掴んだまま、勢いよく床を踏み切った。

◇

重力に従って落下する感覚。

ふわりと内臓が浮き上がるような感覚に、ニコラは思わず目を見開く。

「え、う、わ……」

「お、おおおおいお前、落ちてるぞ！」

そう、落ちているのだ。

まるでぽいっと空から放り出されたように、それはもう真っ逆さまに落ちていた。遠ざかる雲に比例して、眼下に広がる街並みはぐんぐんと大きくなっていく。

「わ、ちょっと、フィン！　落ちてるんだけど⁉」

上擦った声で叫んでも、そばかすの少年は「だいじょうぶですよ、このお庭のなかでは痛いことなんて、なんにもないですから」と楽しそうに笑うばかりだ。そう言っている間にも、地面はぐんぐんと近付いてくる。

やがて、その衝撃に備えてギュッと目を瞑《つむ》った時だった。落下する速度が、ふっと急激に緩んだのだ。目を白黒させている間に、気付けばニコラは地面に尻餅をついていた。

「え、痛く、ない……？」

地面についた手には、芝と湿った土の感触。

頬に触れる風は柔らかく、草木や花々の香りが鼻腔を満たしていく。子どもらの遊ぶ声も、風に揺れる木々の音も、遠く聞こえる水音も、全てが本物のようだった。

恐る恐る辺りを見回せば、色とりどりに咲く春の花々が目に入る。精緻に整えられた、見覚えのある花壇の区画から、つい先ほど月明かりの下で見たばかりの庭園だと分かった。

立派な飾り柵の門の向こう側、広場の中心には大きな噴水が水飛沫《みずしぶき》を上げ、その向こうには美しい街並みと湖が見える。

すぐ隣を見れば、同様に尻餅をついたエルンストがいて、コトリバコを抱いたままポカンと口を開けていた。だが、その気持ちは分からないでもない。触覚も、視覚も嗅覚も聴覚も、全てが現実と寸分の変わりもなく再現されているのだから、驚くなという方が無理だろう。

座り込んだまま、エルンストと無言で顔を見合わせていれば、スッと目の前に影が落ちる。視線を上げれば、そこには金髪の少女が腰に手を当て佇《たたず》んでいた。

「あら、あなたたち、新しいお友達ね？　わたしのお庭へ、ようこそ！」

背中の中ほどで切り揃《そろ》えられた金糸が、風に吹かれてさらりと揺れる。ぱっちりとした瞳は、にっこりと人懐っこく弧を描いた。

「わたし、エルフリーデっていうのよ。貴族だけど、あなたたちも『様』なんてつけなくていいわ！　いっしょに遊ぶのに、身分なんて無粋でしょう？」

肖像画の中からそっくりそのまま抜け出して来たような少女は、そう言って朗らかに笑う。そして二人に手を差し伸べると、そのまま手を引いて広場の方へと歩き出した。

その姿は、まるで溌剌《はつらつ》や天真爛漫《てんしんらんまん》という言葉を人の形にしたようで、病弱などという印象からは程遠い。むしろ、彼女の乳母が言っていた『お転婆《てんば》』という表現の方が、遥《はる》かにしっくりくるものだ。そのことに少しだけ面食らいつつ、二人は大人しく少女に従う。

噴水の周りでは、子どもたちが遊んでいた。性別や年齢はまちまちで、上は十歳かそこら、下は四、五歳だろうか。広場に足を踏み入れると、子どもたちは遊びをやめて、わらわらと駆け寄ってくる。

ニコラたちはあっという間に取り囲まれてしまった。

「なんだなんだ、新入りか？」

「ぼくがつれてきたんです」

「フィンだ、おかえりー」

「あたらしい、おともだち？」

「あー！　さっきのおねーさんだ！　ねぇねぇ、どうしてここにいるの？」

その中でも、一際大きな声が上がって、ニコラは斜め後ろを振り返る。見れば、人攫いのところにいた少女、リラが目をまん丸にしてニコラを見上げていた。

「リラ、おまえも知り合いなのか？」

そうリラに問うのは、ハンチング帽を被った十歳くらいの少年だった。こちらの少年にも、ニコラは見覚えがある。列車の中で見た新聞に載っていた、行方不明の子どもだった。

見たところその少年は、エルフリーデと並んで最年長らしい。ニコラたちにまとわりつこうとする年少の子らを制して、やや警戒の構えを見せるあたり、リーダー格でもあるようだ。不遜な物言いが、何だか下町のガキ大将といった印象である。

だが、リラは少年の警戒には全く気付いていないのか、屈託なく笑ってみせた。

「うん、そーだよ！　おねーさんもね、あの人さらいのおじさんたちに、つかまってたよ。リラの指輪もね、いっしょにさがしてくれたの！」

「……ふうん、じゃーおまえらも、領主のおっさんに殺されたのか」

ハンチング帽の少年の言葉に、ニコラはハッとする。言葉に詰まったニコラの代わりに、答えたのはフィンだ。

「おねーさんたちはまだ殺されてないですけど、殺されそうにはなってますよね」

それは、事実ではあるのだが。あんまりな物言いに、ニコラはひくりと顔を引き攣らせる。

リーダー格の少年は、値踏みするような表情の後、「ま、いーや」と呟いた。

「じゃあ、あんたらも仲間として、遊びにまぜてやるよ。おれはテオドール、テオでいーぜ。そんでこの一番ちんまいのがアンで……」

「アンちっちゃくないもん！」

「ぼくはコニー」

「あたしはローレね！」

「ねぇリラ、つぎかくれんぼしたい」

「アンかくれんぼ、や。おえかきがいい」

「あら、フィンが帰ってきたんだから、つぎはフィンがしたいことをやるのがいいわ」

テオの自己紹介を皮切りに、口々に名乗ったり、やりたいことの主張が始まる。フィンやエルフリーデを含めれば、子どもの数は全部で七人、なかなかに姦《かしま》しい。

ニコラは目を白黒させながら、「待って待って待って」と制止の声を上げた。

「ごめんね。お姉さんたちも一緒に遊びたいんだけど、残念ながら、お姉さんたちにはちょっと時間がなくて……」

子どもらに目線を合わせてそう言えば、彼らはぱちくりと目を瞬かせた。子どもたちはきょとんと不思議そうに小首を傾げる。

「時間ならだいじょうぶだよ？　だってこのお庭のなかにいるとね、お外の時間、ぜんぜん進まないんだもん」

「ほんとだぜ。一日中ずーっと遊んでも、外の時計、あんま進んでねーもん」

ハッとして、ニコラはエルンストを振り返る。だが、彼は訝《いぶか》しげな表情で「……悪いが、状況が全く見えん。誰と喋《しゃべ》っているんだ？」と呟いた。聞けば、エルンストの目には、ニコラとエルフリーデの姿しか見えていないらしい。

かくかくしかじかで、この異界の中は時間が進んでいないらしいと教えれば、エルンストはおもむろに懐中時計を取り出した。

「……なるほど。確かに針が止まっているな」

厳密に言えば、完全に止まっているという訳ではなく、秒針はギリギリ目視で確認できるかできないかのペースでは、少しずつ、微《かす》かに進んではいるようではあるが。

だが少なくとも、こうして話しながら文字盤を眺めている限りでは、秒針は一秒と進んでいなかった。

コトリバコに目を落としてみても、黒瑪瑙の割れる音はすっかりと鳴りを潜めている。どうやら子どもたちの言葉は、本当のことであるらしい。幸いにも、猶予はかなり延びたといえる。

「……これから、どうするんだ」

エルンストの言葉に、ニコラは視線を上げる。少し離れたところからは「はやく遊ぼうよ」と急《せ》かしてくる子どもたち。

ニコラはふむ、とあごに手を当てて考えて、それからエルンストに向き直った。

「あの子たちと、少し遊んできます」

ニコラの目的は、この場所を明け渡してもらうこと。

そのためには、まずは彼らと仲良くならなければ、始まらない。

◇

ニコラは子どもたちと遊んだ。

鬼ごっこや隠れんぼ、達磨《だるま》さんが転んだから、時に日本の遊びのルールまで教えて、それはもう全力で遊んだ。

ニコラは前世、幼少期には遠巻きにされることが多く、実は同年代の子どもと一緒に遊んだ経験がほとんどなかった。そんな幼少期を取り戻すような気分で、存分に遊び倒した。

子どもの無尽蔵の体力に、ニコラはすぐにへばってしまうだろうと思いきや、そんなことはなく。

何故かこの異界の内では、いくら走り回っても疲れることがなく、息切れ一つしなかった。

おまけに転んでも、擦り傷ひとつ負わず、服が汚れることもない。マヨイガもどきのマヨイ街は、まさに子どもにとっての楽園だった。

時折エルンストに時間の進み具合を確認しても、まるで時計の針は進まない。体感では三時間ほど遊び倒しても、秒針では十数秒かそこらだというのだから、驚きだった。

遊ぶうちに、個々の性格も分かってくる。

テオは、当初の印象通りのやんちゃなガキ大将だが、意外と面倒見が良い、みんなのリーダーだった。

リラは末っ子気質の甘えん坊で、コニーは引っ込み思案の恥ずかしがり屋。

ローレはおませな女の子で、アンは一番年少なのに、みんなと同じことをやりたがる。

フィンは聞き上手で、年齢で言えば真ん中ぐらいなのに、もしかすると一番しっかり者かもしれなかった。

エルフリーデはといえば、これがまた活発で、一番無茶をする女の子だ。木の上に登ったり、屋根の上に上ったりと、とにかく元気いっぱいである。

鬼ごっこの鬼として、木の上から降ってきた時には、『お転婆』というよりは『じゃじゃ馬』かもしれないなと、遠い目になったものだった。

だがそれでいて、鬼役が偏《かたよ》りすぎないように動いたり、意見が割れた時には調整役に回ったりと、年長者らしい一面もあるから、憎めない。

どの子も個性豊かで、見ているだけで飽きなかった。

「アンもういっかい、かくれんぼしたい！」

最年少の鶴の一声で、何度目かの隠れんぼになった時だ。ニコラの隠れ場所が、ちょうどテオと被ったのは偶然だった。

そこはルーデンドルフ侯爵邸の庭園。その隅っこにある、庭師の小屋の裏手である。

「ここ、おれが先に見つけたんだぞ。ほかのとこ行けよ」

「今から他のところ探してたら、鬼が動き出しちゃうでしょ」

小声でやいやい言い合いをしているうちに、さっそく鬼のリラが近付いて来る。慌てて二人は口を噤《つぐ》んで、鬼の足音が通り過ぎるのを待つ。

やがて、リラの気配が遠ざかっていくのを確認して、ほっと一息ついた時だった。隣でテオが、ぽつりと小さく呟いた。

「なぁ。おまえら、あの箱どーするつもりなの」

「……あの箱って?」

唐突に聞かれて、ニコラは思わず目を瞬かせる。テオはむすっと頬を膨らませた。

「おれたちのことが見えてない、あっちの兄ちゃんが持ってるヤツだよ」

テオは不満げに眉根を寄せて、じとりとニコラを見つめる。ニコラは一瞬だけ言葉に詰まるが、それから「アレが何か、知ってるんだ」と苦笑した。

テオは胡座《あぐら》の上に頬杖《ほおづえ》をついて「そりゃあね」と顔を歪める。

「おれたちみんな、自分たちの身体が切り刻まれて、アレに詰め込まれるの、ずっとそばで見てたし」

「……そっか」

テオの言葉に、ニコラは静かに相槌《あいづち》を打つ。最初、テオがニコラたちを警戒していたのは、コトリバコを持っていたからだったらしい。ニコラはそっとため息を吐いた。

この空間は、優しい場所だ。それは間違いない。

幽霊の姿が朧げなのは、忘れてしまうからだ。いつの日か、自分の顔も名前も忘れて、未練や怨念もまた、一緒に風化していく。それがあるべき形なのだ。

けれど、互いの名前を呼び合って、互いの姿形を確かめ合えるこの空間において、子どもたちが自分という存在の定義を忘れてしまうことは、きっとない。

おまけにこの異界では、時間は遅々として進まないのだ。

コトリバコの怨念は、この環境下では永遠に風化することはないだろう。図らずも、呪いの永久機関になってしまっているのだ。

ニコラは少しの間黙り込んだ後で、ゆっくりと口を開いた。

「……あの箱ね、今は近くにいる女の人や子どもを、誰彼構わず殺すものになってるんだ」

「…………知ってる。フィンから聞いた」

「うん。それで、今はあの領主の男が、自分に邪魔な人間を殺すために使おうとしてる」

そう言葉にすれば、テオは悔しそうに唇を引き結んだ。それから、テオは視線だけをちらりと背後に向け、険しい表情を向ける。

彼が視線をやった先には、ぽっかりと領主の屋敷だけが存在しない。まるで本物の街を切り取って縮小したかのようなこの箱庭の中で唯一、現実と違うところだった。

「……私たちは、もうあの領主が好き勝手できないように、あの箱を消し去りたい。だけどそのためには、どうしてもこの箱庭が必要なんだ。みんなには、ここを明け渡してほしい」

だから、協力してくれないかな。そう言って、ニコラは真っ直ぐにテオを見つめた。

多分、リーダーであるテオが頷かなければ、みんな頷かないだろう。それが分かる程度には、ニコラもこの集団に馴染《なじ》んでいた。

テオはしばらく考え込むように黙り込んで、やがてニコラを見上げると、ぼそりと呟く。

「……あの箱がなくなったら、さ。おれたちはどーなんの。消える？」

テオの問いに、ニコラは僅かに目を伏せた。それから、ゆるりと首を横に振る。

「未練が……まだ気になることや、どうしてもやりたいことがあるなら、消えないよ」

テオはぐっと押し黙ると、ややあってから深く息を吐く。そして、一度瞼を閉じると、ぱっと目を開いて言った。

「わかった。だったらいーよ、協力する。おれたちまだ、やりたいことあるしな」

テオは立ち上がると、ぐーっと伸びをして、頭の後ろで腕を組む。それから、どこかすっきりとした表情で、ニコラに笑いかけた。

「おれたちだって、フィンを殺したかったわけじゃねーしさ。これ以上、あの領主のおっさんの好き勝手にされんのもヤだし。おれから、ほかのチビたちも説得しといてやるよ。ほら、ちょうどリラが鬼にあきて、ぐずってるころだろーしさ」

そう言って、テオはニコラに背を向けると、そのまま小屋の裏手から出て行った。

ひらひらと後ろ手に振りながら「あ、でもエルフリーデの方は自分で説得しろよー」と釘《くぎ》を刺していくのを忘れないあたり、ちゃっかりしているというか、何と言うか。

その背中を見送って、自分もそろそろ行こうと立ち上がった時だった。

「わたしが、なあに？」

「わっ⁉」

突然聞こえてきた声に、ニコラはぎょっと肩を跳ねさせる。

振り返れば、ガサっと生け垣から頭を突き出したエルフリーデが、にこにこと笑っていた。つくづくお転婆な娘である。やることなすこと突拍子がなく、やんちゃだった。

ニコラのリアクションに満足したのか、エルフリーデはふふんと得意げに笑うと、生け垣をガサガサと掻き分けてニコラの隣へやって来る。

「それで、わたしがなあに？」

改めて聞かれて、ニコラは少しだけ言葉を探すように言い淀む。

何せ、彼女の父親の悪事に起因する話なのだ。

どう伝えたものか迷って、あーでもない、こーでもないと唸っていれば、エルフリーデは小さく吹き出すと、それから楽しげに笑い出した。

やがて、ひとしきり笑って落ち着いた後で、エルフリーデは「いいわよ」とあっさり言ってのける。

「え……？」と間の抜けた声を上げるニコラを見て、エルフリーデはまた可笑しそうにくすくすと笑った。

「この箱庭を明け渡してほしいんでしょう？　だから、いいわよって言ったの。テオとの話、聞こえてたわ」

あまりに軽い調子で言われたものだから、ニコラは思わずぽかんと口を開けて、まじまじとエルフリーデの顔を見つめてしまう。

「聞こえてたって、その、どこまで……？」

テオたちやフィンの死の原因について、彼女がどの程度知っているのか分からなくて、ニコラは恐る恐る尋ねる。すると、エルフリーデは困ったような顔をして、「全部よ」と眉を下げた。

「あぁでも、お父様がみんなにひどいことをしたことなら、もとから知ってたわ。だって、みんなに教えてもらったもの」

エルフリーデの言葉に、ニコラは小さく目を見開く。それから、ゆっくりと視線を伏せて、そっか、とだけ呟いた。

エルフリーデはおもむろにニコラの手を取って、小屋の影から引っ張り出す。それから、春の花が咲く花園へと連れ出した。

「ねぇ、この箱庭、本物みたいでしょう？　わたしが作ったのよ。この街のことなら、隅々《すみずみ》のことまでなーんでも知ってるわ」

誇らしげな表情を浮かべて、エルフリーデはそう言う。自慢げに胸を張る姿は、年相応で可愛らしい。ニコラは目を細めて、そっとエルフリーデの頭を撫でた。

「うん。でも、目を離すとすぐに屋敷を抜け出しちゃうから、困ってたって、乳母のお婆さんから聞いたよ」

揶揄《からか》うようにそう言えば、エルフリーデは恥ずかしげに頬を染めて、ぷくっと唇を引き結ぶ。それから、誤魔化すように咳《せき》払いをして、ちらりと上目遣いでニコラを見上げた。

「ねぇ、ばあやのことを知っているのよね？　ばあやは、元気そうだった……？」

「うん。エルフリーデのことを、心配してたよ」

「そう……。うん、そうよね、ずっと待たせるのも、先のばしにするのも、わるいわよね」

エルフリーデは自己完結するように呟くと、何やら納得した様子でこくりと一つ首肯する。それから、本来ならルーデンドルフ邸があるはずの、ぽっかり開いた空間を静かに見遣った。

やがて、エルフリーデは何かを決心したかのように、ニコラの方へ向き直る。

「ねぇ、この箱庭は自由にしていいわ。その代わり、お願いがあるの」


――お父様のした悪いことを、暴いて。

◇

広場に戻れば、テオたちが輪になって座っていた。その表情を見るに、どうやら説得には成功したらしい。ニコラとエルフリーデの姿を認めると、皆ぱたぱたと駆け寄ってくる。

「改めて聞くけど、みんな本当にいいの？」

何せ、どれだけ遊んでも疲れない、子どもにとっての楽園である。いや、そもそも幽霊自体に、疲れるという概念があるのかは知らないが。

そんなことを思いながら、念のため確認すれば、子どもたちはあっさりと頷いた。

「いーよぉ」

「あたしはあそべるなら、どこでもいいもの」

「ぼくもみんないっしょなら、どこでも」

「ま、もともとここで遊びはじめたのだって、エルフリーデがひとりで寂しそうだったからだしなー。エルフリーデがいいなら、おれらはべつにいーぜ」

一人が同意を示すと、他の子たちも口々に肯定の意を示した。ニコラはほっと安堵《あんど》の息を吐く。ちらりとエルフリーデを窺《うかが》えば、こちらも人懐っこい笑みで応じてくれた。

「えぇ。お願いを聞いてくれるなら、箱庭は自由にしていいわよ」

ニコラは地面に膝をついて子どもたちに目線を合わせると、ありがとうと微笑んだ。立ち上がれば、すぐにつん、とスカートの裾を引っ張られる。

「でもさ、ここを明け渡すって、どうすりゃいいわけ？　出て行けばいいの？」

テオの疑問に、年少の子らは「のー？」と一緒に首を傾げる。可愛らしい仕草に苦笑しながら、ニコラは肯定するように小さく頷いた。

「うん。そうなんだけど……できる？」

小首を傾げて尋ねれば、子どもたちは一瞬きょとんとした顔をする。それから顔を見合わせると、くすくす笑った。

「そんなの、かんたんですよ」

「ねー！」「うん」「アンもできるよ」

「リラね、飛ぶのはやいんだよ！」

「そーいうことなら、先に出とくなー」

そう言って、六人の子どもはあっという間に空へと飛び立った。ふわりと宙に浮かぶと、そのまますいっと飛んで行ってしまう。流石は幽霊と言うべきか。

その姿はすぐに見えなくなって、残されたのはニコラとエルフリーデ、そして広場の端っこで暇を持て余していたエルンストだけになった。

テオたちが消えた空を見上げていたエルフリーデは、やがてハッと我に返ると「どうしようかしら……」と眉をハの字に下げる。エルフリーデはニコラを振り返って、困ったように見上げた。

「ここを明け渡すとは言ったけれど、わたし、みんなみたいには飛べないわ。ここから出られない……」

その言葉に、ニコラは小さく目を丸くする。それから、くすりと笑みを零した。

「大丈夫だよ。方法なら、他にもあるから」

そう言って、ニコラはエルフリーデに手を差し伸べると、そのまま手を引いて、エルンストの元まで歩いていく。

「……もういいのか」

「はい。お待たせしました」

エルンストに至っては、体感では四、五時間以上、待ちぼうけを食らったようなものだ。割と無理やり異界に引きずり込んだ手前、流石に申し訳なさが、多少はあるのだ。

だからこそ文句の一つでも言われるだろうと思っていたのだが、意外にもエルンストは特に不満を口にすることはなかった。それどころか、ニコラを見るや、笑いを堪えるような反応をするのだから、逆に困惑してしまう。

「……何ですか?」

思わず半眼になって問えば、エルンストは肩を震わせてくつくつと笑った。

聞くに、ニコラが広場を右往左往と走り回っては、何もないところですっ転ぶ様子がひどく滑稽で、案外退屈はしなかったのだと言う。

確かに他の子どもたちの姿が見えていなければ、随分と間抜けな光景だったことだろうが。ニコラとしては甚《はなは》だ遺憾だった。

腹立ち紛れに思いっきり足を踏んづけてやろうと足を振り上げるも、あっさりと避けられてしまう。ぐぬぬと悔しげに歯《は》嚙《が》みするニコラに、エルンストは小馬鹿にするように鼻で笑った。

エルフリーデが、くすくすと笑みを零す。

「あなたたち、なんだか年の近い兄妹みたいね」

そんな恐ろしいことを言われた瞬間に、二人は揃って怪鳥の如き奇声を上げた。

6

「……茶番はさておき。お前、これからどうするつもりだ？」

「……そうですね」

少々大人気なく取り乱しはしたが、なんとか落ち着いた。

ニコラは咳払いをして居住まいを正すと、エルンストが小脇に抱えたままのコトリバコに視線を向けた。

「まずはソレを、ここに置いてください」

「……手を離していいのか？」

エルンストの言葉に、ニコラは静かに首肯する。

エルンストは緊張した面持ちで、慎重に箱庭の地面にコトリバコを置いた。それから躊躇いがちに、そっと手を離す。彼の五指がコトリバコを離れたその瞬間、少しだけ黒瑪瑙の一つに亀裂が入りはするが、後はそれっきりだ。それ以上は何も起きなかった。

「コトリバコは、ここに置いて行きます」

数人がかりで封印しても、数か月と持たない呪物、コトリバコ。この世界には現状、対処法を知る祓い屋は二人しかおらず、絶えず封印し続けることは現実的ではない。

だったらどうするか――次元を隔てて、その次元ごと抹消してしまえばいい。

それが、ニコラの考えた解決策だった。

全く異なる次元である異界に持ち込んで、そこに置き去りにするのだ。やがて箱庭自体を燃やしてしまえば、異界はコトリバコごと閉じて、この世から消える。

子どもたちの意思に反して、誰彼構わず呪いを撒《ま》き散らしてしまう悲しい呪物など、この世に存在するべきではないのだ。

「さぁ、帰りましょう」

ニコラはエルフリーデの手を引いて、エルンストを振り仰いだ。

だが、エルフリーデは首を傾げ、エルンストは眉間に深い谷を刻む。

「でも、どうやって？　わたしたち、飛べないわ」

「異界は、入ってきた所から戻るのが定石なんだろう。だが、俺たちは空から落ちてきたぞ」

エルンストの言葉に、ニコラはこくりと首肯する。

「そう。基本は入ったところから出るべきです。でも、私はこうも言いましたよ。どんな異界にも、必ず果てがある、って」

無限に続く異界というものは、この世に存在しないのだ。

一見すると無限に続くように見える、この抜けるような青空の上も、硬い地面のその下にも、この空間の四方八方、どの方角に進んだとしても、いずれは必ず周縁部、際に辿り着く。それが異界というものだった。

つまりは、上が無理なら、横である。

空が無理なら、陸路を行けばいいのだ。

それに……と親指に嵌まったぶかぶかの指輪をひと撫でして、ニコラは不敵に笑う。

捨てても捨てても必ず持ち主の元へと戻ってくる、呪いのアイテム。だがそれも、逆手にとれば、頼もしい道標だ。指輪は持ち主の元に帰るために、その最短距離を教えてくれる。

異界を闇雲な方角に進むなら、その先どれくらいの道のりを進まなければならないのかを把握することが出来ない。入った所から戻るべきなのは、そういう理由からだった。

要するに、最短距離が分かるのなら、どの方角に進んでも良いのだ。

「こっちです。着いて来てください」

ニコラは指輪に導かれるままに歩き出した。


くいくいと指輪が手を引っ張る方角は、花園の方角だった。気分はさながらダウジングである。

指輪に従い花園を抜ければ、ぽっかりと開いた空白の敷地がある。本来なら、ルーデンドルフ邸の屋敷があるはずの場所だ。

だだっ広い空白の敷地を突っ切りながら、ニコラは隣を歩くエルフリーデの頭を横目に見下ろした。本当はずっと気になっているのだ。

そっくりそのまま街を縮小したような箱庭で、屋敷だけがすっぽりと抜け落ちているということ。それは敢えて作らなかったということだ。全く何も意図がないというのは、あり得ないだろう。

「……気になる？」

視線に気付いたエルフリーデが、小首を傾げて問う。ニコラは少しだけ躊躇った後、素直に首肯した。

「かんたんなことよ。お父様のいないところへ、行きたかったの。そんなことを思いながら作ったから、お屋敷は作らなかったのよ」

空白の敷地を突っ切れば、屋敷の裏手は山になっているらしい。エルフリーデは「裏山に入るのは、ひさしぶりね」と笑いながら、ニコラの手を引いた。

「昔はね、お父様はわたしのことなんてどうでもよくて、なにをしても無関心だったの。だからいつもお屋敷をぬけ出して、お山に入ったり、街に遊びにいったりしていたのよ。あのころは楽しかったわ……いつまでも遊んでいたくて、お屋敷に帰りたくなくて、時間が進まなければいいなって、毎日思ってたの」

指輪が指し示すのは、道なき道だった。鬱蒼《うっそう》とした木々の間を、エルンストが率先して、草木を踏み分けて進む。その少し後ろを、ニコラとエルフリーデが手を繋いで歩いた。

エルフリーデはぽつり、ぽつりと呟くように、言葉を紡ぐ。ニコラはそれを聞き逃さないように、黙って聞いていた。

「でもね。おとなりの領地のオリヴィアさまが、王子さまの婚約者になったでしょう？　それからはね、無関心じゃなくなったの。……この役立たずって、毎日なぐられるようになったのよ。お前に落ち着きがないから選ばれなかったんだって、いつも骨がどこか折れているなら、少しはおとなしくなるだろう、って……」

そう言って、エルフリーデはきゅっと握った手に力を込めた。ニコラは眉を寄せ、無言でその手を小さく握り返した。

親の無関心なら、生まれつき人には見えないモノが視えてしまった六花にも、覚えがある。

四方八方に怯《おび》え、警戒し、小さな物音ひとつにもビクつく子ども。周囲の大人がまず第一に疑ったのは、親からの虐待だった。

謂《い》われのない嫌疑をかけられた両親が行き着いた先は、徹底的な無関心。暴力こそなかったが、きっと、それは幸せなことだったのだろう。

「……そっか、辛かったね」

全てに共感はできなくても、一部になら共感できる。ニコラの声音に滲むのが同情ではなく同調であることを感じ取ったのか、エルフリーデは泣き笑いのように微笑んだ。

「そうよ、つらかったの」

「うん、頑張ったね」

それから暫くの間、二人の間に会話はなかった。やがて、しばらく行くと、唐突に視界が開ける。

「……川があるぞ」

先頭を進んでいたエルンストがそう言って、ニコラたちを振り仰いだ。

見たところ、川は緩やかな流れながら結構な水量がある。幅は広く、水深もそこそこにありそうだ。

だが、川やトンネル、橋といったものは、世界を分ける象徴《シンボル》、此岸《しがん》と彼岸《ひがん》を隔てる境目だ。

親指に嵌まった指輪も、くいくいと川の向こうを指し示している。渡れと言いたいらしかった。

「エルフリーデ、おんぶしてあげる。乗って」

小川というには、幅も広く水深もそこそこある。背丈の低いエルフリーデの足では危ないだろう。幸いなことに、この異界の中では疲れ知らずなのだ。おずおずと首に回された腕を確認して、ニコラはよいしょと立ち上がった。

エルンストが比較的浅い場所を選びながら、水草の少ない、滑りにくい足場を探して先導してくれる。ニコラはそれに従い、水面へ足を踏み入れた。

水は冷たく澄んでいて、魚影が見える。川底まではっきりと視認できるような透明度だった。水面は木漏れ日を浴びて、キラキラと輝く。本当に美しい景色だった。

「綺麗でしょう？　この箱庭はね、ばあやが作ることをすすめてくれたのよ。足の骨が折れてしまって、どこにも行けなくて、うずうずしている時にね。それからは、怪我《けが》がひどい時に少しずつ作っていたの」

ニコラの背中に乗ったまま、エルフリーデは独り言のように小さく呟いた。ニコラはざぶざぶと水を足で掻き分けながら、黙ってその言葉に耳を傾ける。

対岸までは、後少し。岸はもう目と鼻の先だった。

「ばあやのことは大好きよ。ほんとうに、だいすきなの。なのにいつも、『口うるさいばあやは嫌い』って言っちゃうのよ。それで、後で気まずくなって、謝ることのくり返し。いつでも謝れると思っていたの」

――いつでも、なんて、そんなことはないのにね。

背中の上で、くぐもった声が言う。エルフリーデはぎゅっとニコラの首に抱きついて、その肩口に顔を押し付けていた。振り返っても、その表情は窺えない。

それは、ニコラが対岸に片足をかけた瞬間のことだった。

エルフリーデは、ニコラの耳元で「お願いをひとつ、追加するわ」と小さく囁く。その声音は穏やかで、けれど、どこか切実だった。

「ねぇ。わたしのかわりにね、ばあやに『ごめんね』を伝えてほしいの」

7

両足が対岸を踏み締めた瞬間、薄い膜を通ったような感覚がする。

両足が踏み締めるのは、水辺の土や草ではなく、真紅の絨毯《じゅうたん》で、振り返っても川や鬱蒼とした森は見えない。あるのは精巧に作り込まれた、街のミニチュアだけだった。

隣には、キョロキョロと辺りを見回すエルンストがいる。どうやら無事に、コレクションルームに戻って来ることができたらしい。

室内に視線を巡らせれば、まずは傷ひとつなく佇むジークハルトに目が入る。

ルーデンドルフ侯爵と家令、そして人攫いや使用人たちはといえば、こちらは縄で縛られて、無様にも床へ転がされていた。

侯爵はニコラを見上げるや否や、信じられないものを見るような表情を向けてくる。それからすぐに、侯爵は怒りに顔を歪めると、ニコラとエルンストを睨みつけた。

「貴様ら、その死体を一体どこでッ……⁉」

侯爵は唾を飛ばしながら、そう怒鳴り喚《わめ》いた。その視線はニコラではなく、ニコラの肩口に向けられていて。その意味を理解したくはなくて、それだというのに、全身の血の気は否応なく引いていく。

そんな、まさか。そんなはずはないと、否定の言葉ばかりが頭に浮かんでは消えて、上手く言葉にはならない。ニコラは侯爵の視線を辿るように、ゆっくりと己の肩口を見遣った。

「エル、フリーデ……？」

エルフリーデはぐったりとしていて、瞼は閉じられ、ピクリとも動かない。

陽光に煌《きら》めいていた金髪は、べったりと血に濡《ぬ》れて、まろい額や頬に張り付いている。ニコラの肩からだらりと力無く垂れ下がる腕は、不自然な方向に折れ曲がっていた。

「なん、で……？」

掠れた声が、喉の奥から零れ落ちる。

背中の重みに、ぐらりと足がふらつく。気付けばニコラは、ジークハルトの片腕に抱き止められるように支えられていた。

背中にあった温《ぬく》もりが、エルンストの手によって離れていく。エルフリーデの身体がゆっくりと地面に横たえられるのを、ニコラは呆然と見つめることしか出来なかった。

視線を落とせば、醜悪な生き物たちが浅ましい諍《いさか》いを繰り広げている。

「オリバー！　貴様が命令通りに片付けなかったから、こんなことになったのだ！　この役立たずめがッ！」

「し、しかし、呼ばれてこの部屋へ参った時には、既に死体はこの部屋にはなく――」

「黙れッ！　口答えを許した覚えはない！」

醜い言い争いをする侯爵と家令の周りには、小さな人影が七つ、ぐるりと彼らを取り囲んでいた。

その中にはエルフリーデの姿もあって、ニコラはくしゃりと顔を歪める。

エルフリーデは棚に飾られたブロンズ像を見上げると、ニコラに向かって困ったように微笑んだ。

「あんた……娘まで、手にかけたのか」

怒りで声が震える。身体中の血液が沸騰するような、そんな感覚は初めてだった。

指を落とされたテオが、ローレが、腹を裂かれたコニーとアンとリラが、吐いた血で口元を汚したフィンが、そして、頭から血を流したエルフリーデが、昏《くら》い瞳で侯爵と家令を見下ろしている。

だというのに、当の本人たちはといえば、未だに醜く言い争いを続けているのだ。彼らの瞳が、殺《あや》めた子どもたちを映すことはない。あぁ、視えないなんて、そんなのは狡《ずる》いだろう。

「それが、みんなのやりたいこと？」

その問いに、子どもたちは一様に大きく頷いた。

両手はサツマイモのように紫色で、両の目から流れるのは血で、裂かれた腹からは臓物が少しばかりはみ出していてはいるけれど。彼らは変わらぬ無邪気さで、笑って頷くのだ。

ニコラは「そっか」と静かに目を伏せる。それから、ニコラは自分を支えるジークハルトの腕を、そっと丁寧に振り払った。

「……ねぇ。紫陽花の下に死体があると、私がどうやって知ったと思いますか?」

一歩、また一歩と、ニコラはゆっくりとした足取りで歩を進める。

床に転がったまま喚き続けている侯爵と家令を、ニコラは感情の抜け落ちた表情で見下ろした。

彼らは互いに言い争うのをやめて、ニコラを見上げる。

「答えは簡単。貴方たちが手にかけた子どもたちに、教えてもらったんですよ」

「な、何を馬鹿な……」

侯爵は口の端を捲り上げる。だが、それは口角を吊り上げただけで、嘲笑と呼ぶにはお粗末なものだ。ニコラはそんな侯爵を冷めた視線で見下ろすと、自覚的に酷薄な笑みを貼り付けて、うっそりと嗤《わら》った。

「死人に口は無いなんて、あはは、――そんなまさか」

だって、貴方たちの周りには、みんないるのにね。

ニコラは侯爵と家令の周りをぐるりと見渡すと、そう言ってくすりと笑う。だがその一方で、ニコラはその後ろ手に、使い魔へと小さく指示を送っていた。

ニコラの意を汲《く》んだジェミニは、手始めに血塗れのテオへと姿を変え、侯爵の足に縋《すが》り付く。

しゅるりとテオの姿を解いたジェミニは、リラへ、フィンへ、ローレやコニー、アン、そしてエルフリーデへと次々に姿を変えて、侯爵と家令へ手を伸ばし、まとわりついた。

「なっ、何、なにをっ……」

「ひっ、ぁ、来るな、触るなッ……！」

実体を取れるジェミニは、そこに子どもたちがいると意識させるための、ただの呼び水にすぎなかった。だって、本物のテオたちは元よりそこにいる。その存在に意識を向けさせるための、小さなきっかけでいいのだ。

ニコラは芋虫のように床を這《は》う彼らを見下ろして、くすくすと小さく笑った。

「女と子どもを誰彼構わず殺すことが、子どもたちの本意であるわけがないでしょう。なら、この子たちが殺したいほどに恨んでいるのは、一体誰だと思いますか。ねぇ」

「ぅ、ぁぁあぁあ来るな来るな来るなッ来るな来るな来るなぁあぁあぁぁッ」

「ぁ、あ、ぁあ、ちが、違う、わ、わたしは、命じられただけで、ぁ、ぁあぁあぁぁっ！」

もうジェミニが擬態を解いても、恐怖に身開かれた目は子どもたちに釘付けだった。

子どもたちは、彼らの目に映るその時を待っていた。その瞬間を待ちわびていたのだ。

『　』

侯爵と家令は後退《ずさ》りながら、何かを喚き散らす。だが、それは言葉として形を成す前に、泡のように弾《はじ》けて消えていった。それは声にはならず、意味を成さない。

まとわりつく子どもたちへではなく、確かに自分へと向けられたその罵倒を、ニコラは黙殺する。

「死ぬまで自分の罪と向き合え、外道」

ニコラは目を伏せて、静かにそう吐き捨てた。

◇

清《さや》かな月は、いつの間にか天高く昇っていた。青白い光は、地上を淡く照らしている。

ルーデンドルフ邸を訪れたのは、まだ二十時を過ぎた頃合いだったはずなのに、それから随分と時間が経ってしまったものだ。ニコラは小さく息を吐き出すと、夜空を見上げた。

実は、あれから色々あったのだ。

朗報としては、エルフリーデにはまだ微かに息があり、助かる見込みがゼロではないということ。

それはもう、大慌てで医者を呼びの大わらわだ。ニコラとしても、臨死体験中のエルフリーデの霊体を身体に呼び戻しのてんやわんやだった。

十歳だったその昔、頭をブロンズ像で殴られたエルフリーデは、箱庭に手を伸ばした。

『痛いことなど何もない、痛いことをする人間など誰もいない場所へ行きたい』

虐待を受けながら、そんな願いを込めながら作られたその箱庭は、『そこに行きたい』という瀕死《ひんし》のエルフリーデの願いと合わさって、エルフリーデにとっての楽園《シェルター》と成ったのだ。

想うことは象を結んでしまう、それが想像というもので。

故にこそあの箱庭は、意図せずマヨイガのような存在になってしまったのだろう。

そして、瀕死のまま迷い込んだ楽園の中では、時は進まず、痛いことなど何もない。エルフリーデは奇跡的に、瀕死のまま、時を超えることが出来たらしかった。

とはいえ、彼女の身体が瀕死のままであることには違いない。

肉体の方は、峠を越えられるかはエルフリーデ次第とのことだが、ニコラは二つ目の願い事――つまり、ばあやへ『ごめんなさい』を伝えることに関しては、絶対に自分の口から告げること、と言い置いてある。

本人からの「頑張る」という言質《げんち》も取っているため、後はもうエルフリーデを信じて祈るしかない。今はエルフリーデの容態が落ち着くのを待つだけだった。

一方、どうでもいい報としては、侯爵と家令の男はあれから壊れたように笑い出し、最後には泡を吹いて気絶してしまった。精神崩壊寸前とはまさにあのことだろう。もしかすると、次に起きた時には廃人になっているかもしれないが、まぁ自業自得である。

だって、ニコラは彼らに「そこにいるよ」と教えただけなのだから。もしも仮に彼らが正気を失ったとしても、それは彼ら自身の罪の意識によるもので、因果応報なのだ。

その他、捕縛した諸々《もろもろ》の関係者をアロイスの護衛騎士たちに引き渡したりしていれば、あっという間に時間は過ぎて、いつの間にか日付が変わる時刻だったというわけだ。

そして、今はこうして月明かりの下、噴水の縁に座ってぼんやりと月を見上げていた。

吐息は白く色付いていて、早くも冬の訪れを感じさせる。それでも寒さを感じないのは、目の前でゆらりと揺れる炎のおかげだった。今この瞬間も、箱庭は灰となって崩れ落ちていく。

封印さえ出来ない哀しい呪物、コトリバコ。あれは、この世に存在してはいけないものだ。

コトリバコを呑み込んだまま、子どもたちの楽園は静かに燃え尽きた。後には、何も残らない。灰から立ち昇る煙が細く長くたゆたって、空へと溶けて。やがては灰さえも夜風に攫われ、消えていく。それを、ニコラはただぼんやりと眺めていた。

気付けば先程まで月を覆っていた雲は晴れ、その光は淡く世界を照らしていた。そんな月光を溶かして染め上げたような銀糸が、視界の端でさらりと揺れる。

ニコラは傍《かたわら》に座っている人物を見遣り、小さく息を吐き出した。

『　　』

群がる子どもたちへではなく、確かに自分へと向けられたその罵倒。それは声にならない音だったが、ニコラにはその口の動きで何を言われたのかを理解していた。

侯爵はこう言ったのだ。『ばけもの』と。何せ、そう言われることは、初めてではないのだ。

ニコラは自嘲するように、静かに目を伏せて笑った。

「……怖いですか」

月の光は、不思議と人を感傷的にさせるらしい。気付けばそんなことを口走っていた。

その問い掛けに、月明かりに照らされた紫の双眼がこちらを向く。

ジークハルトは、「どうして？」と、まるで気品のある猫のような仕草で首を傾げてみせた。

何故そんなことを聞くのか、と問われれば、ニコラとしてはただ単に何となくとしか答えようがない。これはただの気まぐれなのだ。別に深い意味など無い。

「………恐ろしい女だと、思いますか」

これっぽっちも後悔なんてしていない癖に、ニコラはそんなことを呟いて、膝の上に揃えていた両手を握り締める。

ジークハルトはゆるゆると首を横に振って「まさか」と小さく囁いた。

「ニコラは、優しいよ。とても」

今回はその優しさが、子どもたちに向いただけ。それだけだよ、と。

その声音は柔らかく、まるで子守唄のように耳に馴染む。ジークハルトは静かに目を細め、口元に笑みを浮かべると、月を見上げて謳《うた》うように続けた。

「それに、ニコラの能力は、誰かを守り救うものだ。ニコラが何かを守ろうとした、努力の証だよ。怖いわけがない」

その言葉は、ただ真っ直ぐに、心へと染み渡る。この人はいつだって、欲しい言葉をくれるから、狡いのだ。ニコラは思わず唇を噛んで俯いた。

ジークハルトはニコラの手を取ると、握り締めた手をそっと解いていく。触れたところから、ジークハルトの感情が流れ込んでくるようだった。

大切にされることも、愛されることも不慣れなニコラですら、抗いようもないほど大切に想われていると、思い知らされるほどに。それは擽《くすぐ》ったくて、同時にどうしようもなく胸が苦しくなるような、そんな不思議な心地がする。

ジークハルトはニコラの親指からそっとシグネットリングを抜き取ると、それを自分の指へと嵌め直して言う。その表情は穏やかで、慈しみに満ちていた。

「ニコラが無事に私の元へ帰ってきてくれるのなら、どんなことをしようと構わないんだ。でも、だからこそ。いつだって振り返ることを、忘れないで」

少し困ったように微笑んで、そんなことを言うものだから、ニコラはもう何も言えなくなってしまうのだ。きゅうと唇を噛んで俯くと、ジークハルトは苦笑してニコラの頭を撫でた。


ニコラはエルフリーデの後悔を思い出す。

「いつでも謝れると思っていた」と言った彼女は、その〝いつでも〟が、必ず約束されたものではないことを教えてくれた。

生きている限り、明日は絶対のものではなく、後悔はいつだって、唐突にやってくる。いつかやそのうちは、永遠に訪れないこともあるのだ。

「いつか言えるだろう」や、「そのうち言えるだろう」というのは幻想で、だからこそ、ちゃんと言葉にして伝えなくてはいけないのだろう。

アロイスは、心にその人がいて、毎日思い出すことを、恋だと言った。

エルンストは、理由も分からない好意の理由を探すこと自体が、恋だと言う。

エマは、恋か恋でないかなんて、自分で決めていいのだと。その気持ちが恋であればいいなと思うなら、それは恋だと、そう言った。

十年後のこと、来年のこと、一週間後のこと、明日のこと。困ったことに、ニコラの想像の中にだって、幼馴染の存在は確《しか》と根を張ってしまっている。

そんなことは、今に始まったことではないのだ。

だったらもう、認めるしかないと、ニコラは思う。

ジークハルトには生きていてほしくて、彼を残して死ぬのが、ちょっとだけ怖くなる。

この感情が、恋だといい。ニコラは今確かに、そう思っている。

「ジークハルト様のこと、好きだったらしいです……それも、結構昔から」

幼馴染はぱちりと目を瞬かせ、それからふっと蕩《とろ》けるように表情を綻ばせた。

「うん。ずっと昔から、知ってたよ」

その返答がなんだか悔しくて、ニコラは唇を引き結ぶ。頭の中がぼうっと熱くなる程、いっぱいいっぱいだった。

「……愛情表現だって、これからも絶望的に乏しいですよ。同じ熱量では、返せません」

「いいよ。自覚がないかもだけれど、ニコラはとても分かりやすいから、大丈夫」

ジークハルトはくすりと笑って、そんなことを言う。

「それに、だからこそ。ニコラがくれる何気ない言葉とか表情はきっと飾らない本心で、私だけに与えられるご褒美みたいに思えるから」

そう言って得意げに目を細める幼馴染に、ニコラは「……物好きめ」と呟く代わりに、こぶし一つ分開いていた距離を縮めるように、彼の胸に飛び込んでやった。

ぎゅうと腕に力を込め、心臓同士が触れ合ってしまう程に近付きたかった。音が混ざり合うように。

熱を共有するように。今、此処《ここ》で生きていることを証明したかった。

頭上で息を飲む音が聞こえたけど、結構な勇気を振り絞って飛び込んだニコラにそんな事を気にする余裕は無いので、無視を決め込んで瞼を閉じる。

「……ニコラ、あのね、この状態ちょっとね」

少し間を置いて、頭上から困ったような様子のジークハルトが話しかけてくる。

この御仁は普段、自分からは積極的にスキンシップを取ってくる癖に、ニコラが気まぐれに距離を詰めると、どうしていいか分からないとばかりに固まるのだ。

だが、ニコラは既に眠気と格闘中だった。何せ、怒涛《どとう》の一日だったのだ。それに、安心するような、落ち着くような匂いがするから悪い。

「ねむい……」

ジークハルトがまだ困ったように何か言っているけれど、眠くて眠くて仕方がない。

やがて、仕方がないなとでも言いたげな苦笑が落ちてきて、そのまま意識は遠のいた。

ニコラのちょこっと
オカルト講座⑧

【コトリバコ】

ネット掲示板への書き込みから広まった都市伝説、コトリバコ。

小鳥の箱、などという可愛らしい代物ならいいんですが……。残念ながら、漢字をあてるとするならば『子取り箱』。子どもと、子どもを産める年齢の女性を無差別に殺すことで、送りつけた相手の一族を根絶やしにしてしまうという、呪いの箱です。

その効果もさることながら、非人道的な〝材料〟を用いた作り方にも、背筋が凍るもの。

その不穏さや、作られるに至った経緯。史実に絡めた作り話は、読み物としては面白いのでしょう――そう、作り話なら。

フィクションであって欲しいと、心の底から思います。

エピローグ

揺れる車体に、一定のリズムで軋《きし》む車輪の音。

車内には穏やかな空気が流れていて、窓の外の景色は飛ぶように流れていく。ニコラは心地よい振動に身を任せ、ぼんやりと外を眺めていた。

向かいには、行きと同じようにアロイス、エマ、エルンストが。そしてニコラの両隣には、ジークハルトとシャルが座っている。出来事としても、自身の心境の変化としても、びっくりするほどに怒涛《どとう》の旅路が今、ようやく終わりを迎えようとしていた。

祭りの翌日には帰るはずだったところを、連休いっぱいに引き延ばし、今はその帰り路。

当初の予定よりも随分と長居することになったにもかかわらず、それでもあっという間に終わってしまったような気もする。ニコラはそんなことを思いながら、窓から差し込む夕陽に目を細めた。

何せ、列車に乗れば異界に引き込まれ、前世の弟弟子に再会したかと思えば人攫《ひとさら》いに拐《かどわ》かされ、仕舞いには殺意に満ちた呪物を贈りつけられ……と、あまりにも濃すぎる旅路であったのだ。

そのくせこうして振り返ってみると、驚くほどに短い。何とも奇妙な心地だった。

「……エルフリーデ嬢、助かって良かったね」

ニコラはゆっくりと瞬きをして、それから、ちらりと隣のジークハルトを見遣《や》った。

「……ええ、そうですね」

エルフリーデの身体は、何とか峠を越えたらしい。

とはいえ、彼女の父親は既に獄中で廃人である。その罪状からしても、ルーデンドルフ侯爵が侯爵位を剝奪されることは間違いなかった。その上、エルフリーデ自身も、数年間の行方不明を経て当時の年齢のまま現れたというのは、世間体的にも不味い。

結局、彼女の乳母との相談の元、〝エルフリーデ・フォン・ルーデンドルフ侯爵令嬢〟は戸籍上死んだことにする流れに落ち着いた。エルフリーデはジークハルトの遠縁の少女として、新たに生まれ変わることになったのだ。

ニコラの生家で引き取るという手もあるにはあったが、子爵家で引き取るより侯爵家で引き取る方が資産も潤沢だからと、ジークハルトに押し切られた形である。ニコラからすればありがたい申し出なので、ジークハルトがそれで良いと言うなら否やは無かった。

窓の外を見遣れば、茜色《あかねいろ》に染まった景色が流れていく。ニコラはぼんやりとその光景を見つめながら、眠気を払うようにゆっくりと瞬きをした。

コンパートメント内に、行きほど会話は多くない。だが、それを気まずく思わない程度には、もう互いの距離は縮まっていた。

何せ、短いながらも、それほど密度の濃い時間を過ごしたのだ。今更当たり障りのない他人行儀に戻ることの方が難しい。打ち解けるには十分すぎるほどのイベント、もといトラブルの連続だったのだから、仕方がない。

　もはや遠慮の欠片もなく大欠伸《あくび》をしてみれば、エマが「大きなお口ですねぇ」とくすくす笑う。車内には、ゆったりとした時間が流れていた。

「……もうすぐ、王都に着いちゃうね」

　ぽつりと、アロイスが小さく呟《つぶや》きを零《こぼ》す。

　その声に滲《にじ》むのは、ほんの僅かな寂寥《せきりょう》と、諦念か。彼の言う通り、窓から見える風景は、徐々に見慣れたものへと移り変わろうとしていた。

　気付けばいつの間にか、アロイスとエマの距離は、すっかりと主人と侍女として適切なものになっていた。それは、ともすれば、この旅程の中で見た二人の姿など、幻だったと錯覚してしまいそうなほどに、傍《はた》から見ても明確な身分の線引きが見えた。

　旅が終われば、非日常は終わりを迎え、しがらみの多い日常へと回帰してしまう。それを一番名残惜しく思っているのはこの二人なのだろうなと、ニコラはぼんやりと考える。

　コンパートメント内は、相変わらず静けさが支配していた。会話らしい会話はなく、各々がぼんやりと物思いに耽《ふけ》りながら、流れる景色を見つめた。

　列車の走行音だけが、やけに大きく響いて聞こえる。

　そんな中、不意に口を開いたのはシャルだった。

「あのさぁ」

　その声に、皆の視線がシャルに集まる。しかし、その声の主は窓の外に目をやったままだ。その表情からは、何を考えているのかを窺《うかが》うことは出来ない。

「なぁ、王子サマ、さ。〝シャルロッテ・フォン・ローゼンハイム〟と、婚約してくんね？」

唐突に放たれた言葉は、あまりにも脈絡のないものだった。シャルは本当に何気ないような口調で、行きの列車の中のような爆弾発言を放り込んだ。

誰もが一瞬呆気《あっけ》にとられ、次いで、その意味を理解した途端に驚愕《きょうがく》に息を飲む。

「…………はい？」

きっかり五人分の素っ頓狂な声が重なって、それっきり、車内はしんと静まり返る。だが、シャルは悪戯《いたずら》に成功したように、してやったりといった表情で笑うと、こうも付け加えた。

「その代わり、ねーちゃんを幸せにしてくれるならね」、と。

ニコラは反射的に、ぎゅっと眉間にしわを寄せる。

何せ二つの台詞の文脈は、まるで繋《つな》がらないのだ。シャルの言葉は意味不明だった。

「……えっと、どういう意味？」

たっぷり数秒の間を置いて、アロイスが戸惑いを隠さずにそう尋ねる。その真意を探るように、アロイスはじっとシャルを見つめた。

だが、混乱するニコラたちを他所に、シャルは悪戯っぽい笑みを浮かべたまま肩を竦《すく》める。

「厳密に言えば、シャルロッテ・フォン・ローゼンハイムっていう〝侯爵令嬢〟と婚約してほしい、ってことだけどね」

「いやいやいやいや、待って？」

ニコラはとうとう我慢ならずに突っ込んだ。やはり、まるで理解が出来ないのだ。

普通に考えれば、シャルとアロイスの婚約は、エマの恋路を邪魔する行為である。なのに何故《なぜ》、シャルとアロイスが婚約することの条件が、エマを幸せにすることなのか。

脈絡もなければ、道理もまるで通らない。

だというのに、シャルは至極真面目な表情で、冗談や悪ふざけで言っているわけではないのだと言う。その意図も理由も動機さえも、やはり皆目見当がつかなかった。

助け舟を期待してジークハルトを見遣るも、こちらも訳が分からないという表情で、首を傾《かし》げるばかりだった。アロイスを見ても、エマを見ても、エルンストを見ても反応は似たり寄ったりで、何が何だかという様子である。誰も、シャルの真意を理解してはいないらしかった。

シャルはそんな一同の反応を楽しむように笑うと、おもむろにエマの顔へ手を伸ばす。そしてそのまま、ひょいっとエマの眼鏡を奪い取った。

それから、シャルはまるで見せつけるかのように、ゆっくりとした動作でそれを自分にかけてみせる。ニコラも、ジークハルトも、アロイスも、エルンストも、そしてエマも、皆一様に困惑した面持ちで、ただ成り行きを見守っていた。

「うわ、度数きっついなー……」

シャルは顔を歪《ゆが》めてそう呻《うめ》くと、すぐに鼻先まで眼鏡をずり下げた。そして、そのまま眼鏡を中途半端にかけた状態で一同を見回すと、得意げに笑ってみせた。

ニコラは思わず小さく息を呑《の》む。

悪戯っぽく細められたシャルの瞳は、エマと同じオリーブ色で、そして、髪は揃《そろ》って亜麻色だった。おまけに言えば、分厚すぎる瓶底メガネで見落としがちだが、血縁だけあって二人の面差しはよく似ている。もちろん髪型を揃えたり、伊達《だて》眼鏡のような小道具は必要だろうが、確かに、似てはいるのだ。

「……まさか、入れ替わるつもりなのかい」

ジークハルトは目を瞠《みは》ると、小さくそう呟いた。シャルはといえば、頭の裏で手を組んで「半分せーかい」と呑気《のんき》に笑う。

「オレ的には完全にねーちゃんと入れ替わってもいーんだけどさ。ねーちゃんの視力的に、それは厳しいとこあるじゃん？　だから、部分的に入れ替わりっていうのを、オレは提案するね」

シャルは眼鏡をエマに返してやりながら、あっけらかんとした口調でそう言った。

「つまりさ、表向きの公務はオレが〝シャルロッテ〟として肩代わりしてあげるってこと。ねーちゃんには今まで通り、王子サマ付きの侍女を続けてもらうの。んで、公務やらが終われば、オレはねーちゃんと入れ替わって、夜は〝エマ〟の振りしてねーちゃんの部屋に戻る」

どうよ？　とばかりに胸を張って、シャルは挑戦的に一同を見回した。シャルの提案に、アロイスはあごに手を当て、考え込むように黙り込んでしまう。

ニコラはといえば、祭りの夜の会話を思い出して、額に手を当てながら苦笑した。

祭りの夜、シャルは「もう飢えるのは嫌だから、貴族のままではいたい」と話していた。

だが、貴族令嬢という身分を捨てない限り、女として結婚することからは逃れられない。だからここの提案は、シャルなりの最善を模索したのだろうとは思うのだが……。

ニコラは腕を組むと、ちらりとジークハルトを見上げて言う。

「……どう思います、この案」

「私としては、嬉《うれ》しい提案だけれど、どうだろうね……」

ジークハルトは困ったように、眉を下げた。

アロイスの婚約者が定まらない限り、婚約者の候補に上がっているニコラは、他の誰とも婚約は出来ない。その上、三人の候補者のうちの一人、エルフリーデは、戸籍上では死んでしまったのだ。

その点〝シャルロッテ〟がアロイスと婚約してくれるのなら、ニコラたちからしても、一応、渡りに船ではある。だが――、

「……そんなに上手くいく？」

思わず呟いた言葉に、シャルは胡乱《うろん》げにニコラを見遣った。

「上手く行かなかった時は、そん時はそん時だって」

そう言って、シャルはどこからか取り出したのは、人型の紙――式神だった。それを扇のように広げてひらひらと振って、弟弟子は悪どい顔でにやりと笑う。

ニコラは片手で顔を覆い、天井を仰いだ。

仮にそういうズルを使うのなら、やりようは正直なところ、無くはないと言わざるを得ないのである。可能か可能でないかと言えば、多分、不可能ではなかった。

「……あんたは、それでいいの？」

呆《あき》れながらそう問えば、シャルはちらりとこちらを見遣って小さく肩を竦めた。

「お前には言っただろ。オレの今世のモットーはさ、ねーちゃんを路頭に迷わせないこと。そんでもって、もう飢えたくはないってことなワケ。ねーちゃんに楽させるっていう労働の対価が、超高級な衣食住ならまぁ、釣り合うかなって思うよ。それに、姉弟子にだって恩を売れるし？」

オレ的には一石三鳥の名案なのになーと、わざとらしく唇を尖《とが》らせて言うシャルに、ニコラは思わず嘆息する。それから、決して茶化されてしまわないように、じっと弟弟子の瞳を覗《のぞ》き込んだ。

「……ねぇ、あんた個人の幸せは？」

そう問えば、シャルはきょとんと目を瞬いてから、くつくつと肩を揺らして笑い出した。

「恋して幸せそうな人たちの前で、こーいうこと言うのもアレなんだけどさぁ」

シャルは楽しげに目を細めて、だが、ほんの少しだけ挑むようにニコラの瞳を見返していた。その視線の強さに、ニコラは少しだけ気圧される。

「別に、恋だの愛だの結婚が、幸せとイコールってワケでもないでしょ。美味いもん食べて、柔らかいベッドで眠ってさ、そんで甥《おい》っ子やら姪《めい》っ子を可愛がる幸せだって、あるよ」

シャルはそう言って、にぃっと口角を上げて笑う。

ニコラはそんな弟弟子の表情を見て、小さく息をついた。

恋だの愛だの結婚は、確かに幸せとイコールではないかもしれない。だが今のニコラは、状況に流されたからではなく、自らの意思でジークハルトと婚約したいと思っている。

そのためには、共犯者になることも、協力者になることも、吝《やぶさ》かではない。

「………ジェミニを時々、貸してあげなくも、ない」

ぼそりと呟けば、シャルはきょとんとした表情を浮かべた後、へらりと破顔した。

「やりぃ！　んじゃ週五で貸して」

「週の半分以上ニートのつもりか」

ニコラは半眼で、ぽかりとシャルの頭を叩《たた》いた。

ちらりと向かいの席を見れば、そちらはそちらで、なかなかに愉快な光景が広がっている。

何やら真剣な顔をしたアロイスが、エマに向かい合っているのだ。

「僕は、この提案に飛びついてしまいたい程には、エマのことが好きだよ。本当は、叶《かな》うことなら僕が幸せにしたいと、その、昔からずっと思っていて………あーウン、待って……」

そこまで言って、アロイスは片手で顔を覆い、片手を突き出して唸《うな》り出す。

「正直伝えるつもりなんて、今の今までなかったから、僕、かなりかっこ悪いや………。待って、後日ちゃんと言葉に纏《まと》めさせて。シャルの提案も、ちゃんと精査するから、待って……」

アロイスの覆った手から覗く顔や耳は、見たことがないほどに真っ赤だった。なんなら湯気まで出ていそうである。エマもまた、サッと頬を赤らめ俯《うつむ》いてしまって、途端に何やら甘酸っぱい空気が漂い出す。

だが、それだけでも十分面白い絵面だというのに、さらにその隣の隣には。

通路側に座るエルンストが、まるで初耳だとでもいうように、口をあんぐりと開けて固まっているのだ。背後には、ピシャーンと雷のエフェクトまで見えそうだった。

薄々気付いてはいたが、この男、やはりアロイスとエマの道ならぬ〝両片思い〟を全く察していなかったらしい。ニコラはジークハルトやシャルと顔を見合わせ、思わず同時に吹き出した。

窓の外には煤《すす》けた煙がたなびき、列車は汽笛と共にゆっくりと速度を落としていく。

何はともあれ、仮に〝シャルロッテ〟とアロイスの婚約が成ったとしても、今すぐにエマとシャルの入れ替わり生活が始まる訳ではないだろう。

準備期間はまだきっと沢山あるだろうし、何よりこのメンバーでの学生生活は結構楽しそうだ。

ようやく非日常から日常へ戻った実感が湧いてきて、ニコラは小さく笑みを浮かべると、そっと肩の力を抜いた。

あとがき

こんにちは。伊井野です。

この度は祓い屋令嬢の二巻を手に取ってくださり、有難うございます。

元々は一巻の内容で終わるはずだった、この物語。しかし光栄なことに、二巻を書かせて頂くことになりました。本当に有難いことです。

とはいえ、とはいえです。

何分、一巻の内容で閉じる想定だったからこその、世界設定です。世界の謎は、一巻で全て回収してしまいました。どうしよう、続き書けるかな、どうしよう、と頭を悩ませながら書き始めたのですが……いざ書き始めると、案外筆は進むものですね。キャラクターには性格があるのだなぁと、しみじみと実感しています。

キャラに性格なんて、何を当たり前のことを、とお思いかもしれません。ですが、ここで言う性格とは、作中の性格とはまた少し違ったものです。

例えば、「俺はやるぜ、俺はやるぜ」とどんどん物語を広げてくれるキャラクターもいれば、「もう疲れたよ、面倒くさい」と渋る子もいるのです。「キャラクターが勝手に動き出す」とはよく聞く文言ですが、それに近いのでしょう。作家さんのエッセイなどを、いち読者として読んでいた頃には「ふぅん、そんなものか」と思っていましたが、案外本当なのです。

本シリーズに当てはめて言えば、一巻ではアロイスが「僕はやるよ、僕はやるよ」と、ぐいぐい物語を広げてくれました。しかし今作では、アロイスがやや控えめ。

でもその代わりに、二巻ではシャルが「オレはいくぜ、オレはいくぜ」と物語を引っ張ってくれました。対するニコラはといえば、終始「ええ、本当に行くの……ええ、本気?」といった調子。

でもそのおかげもあってか、シャルのせいで広がり過ぎてしまいそうな物語の手綱を引くことが出来ました。そういう意味でも、ニコラとシャルは良い姉弟関係だなぁと思います。


最後になりましたが、刊行までにご助力頂いた方々や、素敵なイラストを添えて下さったきのこ姫《ひめ》さま、そしてこの本を手に取って下さった皆様に、言い尽くせない感謝を込めて。本当に有難うございます。

はてさて、売上と続刊の相関が非常にシビアな、大判ライトノベル業界です。

次にお会い出来るのが、果たしてニコラの物語なのか、それともまた、全く別の物語なのかは分かりませんが……。また何処かでお会い出来ることを祈りつつ。

伊井野　いと

DRE NOVELS

祓い屋令嬢ニコラの困りごと 2

2023年7月10日　初版第一刷発行

著者　伊井野いと
発行者　宮崎誠司
発行所　株式会社ドリコム
〒141-6019　東京都品川区大崎2-1-1
TEL　050-3101-9968
発売元　株式会社星雲社（共同出版社・流通責任出版社）
〒112-0005　東京都文京区水道1-3-30
TEL　03-3868-3275
担当編集　藤原大樹
装丁　おおの蛍（ムシカゴグラフィクス）
印刷所　図書印刷株式会社

ISBN978-4-434-32243-3

ファンレター、作品のご感想をお待ちしております。

右のQRコードから専用フォームにアクセスし、作品と宛先を入力の上、コメントをお寄せ下さい。
※アクセスの際に発生する通信費等はご負担ください。